野いちご文庫

冷血御曹司の偏愛が溢れて止まらない

春瀬恋

JN020522

STARTS
スターツ出版株式会社

目次

わたし、中町由瑠《なかまちゆる》は普通の高校生……と言いたいところだけど、フェロモンで運命の番《つがい》を呼び寄せる〝特別体質〟。

フェロモンを抑制できないわたしが発情しないよう、わたしの身体《からだ》の熱を〝発散〟させてくれたのは、危険な彼で──。

敬遠していたはずなのに、わたしの身体は本能のまま彼を求めてしまうんだ。

親に捨てられたシンデレラ　中町由瑠
×
来るもの拒まず（?）な意地悪な先輩　千茅藍《ちがやあい》

「由瑠の肌、甘くて柔らかくてうっかり溺れそうになる」

……なんて。

貴方《あなた》はだれでもいいくせに。

＊

「これ以上触《ふ》れられたら、壊れちゃう……っ」

「壊れてよ。俺は由瑠を壊したい」

これは本能？

それとも、愛――？

「藍くんなら……、いいよっ……」

「……あー、もう無理」

溺れて、溶けて、触れて、満たして　わたしは君色に染まる。

危険な藍くんの手に堕ちて

「キスくらいで泣いてんじゃねぇよ」

唇を離した彼は、わたしの頬《ほお》を濡《ぬ》らす一筋の涙を温度のない瞳で見下ろし、艶《つや》のある声でそう言い放つ。

それからネクタイを緩めながら、妖《あや》しく口角をあげた。

「お前の泣き顔そそるな。もっと泣かせたくなる」

逃げたいのに抵抗しないのは、わたしには抗《あらが》うことのできない本能のせい。

――ああ、まさかこんな危険な貴方の手に堕《お》ちてしまうなんて。

＊

「はい、二〇一号室。ここが中町さんの部屋ね」
五、六十代と思《おぼ》しき大家のおばさんが、気怠《けだる》げに部屋の鍵を開ける。
スーツケースを引き、スクールバッグを背負い、女子高生が引っ越すにしては軽装な出で立ちのわたしは、どきどきしながら開け放たれた部屋の中に一歩を踏み出した。

古びれてところどころ擦り切れた畳、レトロな白熱灯、建て付けの悪そうなすりガラスの窓。決して綺麗《きれい》とは言えない築八十年のアパートだけど、今日からここがわたし、中町由瑠のお城。

そう思うと、すべてが愛《いと》おしく思えた。

「とっても気に入りました……！」

そう大家さんに言うと、大家さんはうるさそうに眉間にしわを寄せた。

「はいはい。なにかあったら管理人室に来なさいね。あ、チャイムは壊れてるから」

そう言って、部屋を出ていってしまう大家さん。

ひとりになったわたしは靴を脱ぎ、畳にさっそく寝転んだ。

カビ臭い、少しつんとした匂いが鼻につく。

本当はもう少し新しいアパートを探したかったけど、わたしが必死にバイト代で貯めた資金ではここを契約するのでぎりぎりだった。

けれどここに来て、ようやくうまく息ができるようになった気がした。

ここからわたしの新しい生活がスタートするんだ。

六畳一間のこの部屋で。

「そうだ、ご挨拶行かなきゃ……」

このアパートは全部で四部屋。

ここと、お隣の二〇二号室。そして大家さんがいる一〇一号室と、空室の一〇二号室。

つまりわたしの他に住んでいるのは、実質隣の二〇二号室だけ。

だけど自分の引っ越しに手いっぱいで、気の利《き》く手土産を持ってくるのをすっかり忘れてた。

手ぶらで申し訳ないけど、礼儀として挨拶はしなきゃだよね。

思い立つやいなや、わたしはお隣さんに挨拶をするため部屋を出た。

――ピーンポーン。

わたしの部屋のチャイムは壊れているけど、二〇二号室のチャイムはしっかり反応して鳴ってくれた。

けれど応答はない。

念のためもう一回鳴らしてみるけど、やっぱり出てくる気配はない。

いないのかなぁ……。

チャイムを鳴らした人差し指が行き場をなくし、何気なく表札を見たわたしは、思わずぎくりと固まった。

そこに書いてあった名前は――千茅。

その名字を見て頭に浮かんだのは、因縁のある相手。

ひとつ年上の、千茅藍。

「いやいや……まさか、そんなわけないよね……」

苦笑いを浮かべて思わずひとりごちる。

あんなキラキラしたイケメンが、こんなおんぼろアパートに住んでるわけがない。

たまたま名字が同じだけだ……きっと。

疑念を振り払うようにかぶりを振り、そして逃げるようにして部屋に戻る。

お隣さんにはまた明日にでも挨拶すればいいよね——そう自分に言い聞かせて。

*

「ふわぁぁ」

翌日。

あくびをしながら、胸元まである長い髪をコテで緩く巻き、片側に編み込みをつくる。

ヘアセットが完了したら、全身鏡の前で制服をチェックして……うん、いい感じ。

シックな黒いツーピースに、胸元に大きな白いリボンが咲くこのセーラー服がお気に入り。

寝る間も惜しんで勉強をし、学費免除の特待生となり、今こうしてこの制服を着ることができている。

そして鏡の前でにっこりスマイルを作る。

笑顔でいればきっといつか幸せになれるはずだから。

準備を終えて、わたしは元気に玄関のドアを開ける。

さぁ、今日も一日頑張るぞ！

……と、元気いっぱい出発しようとしたわたしは、ドアを開けたままそこで固まる。

「もう、藍ったらぁ」

耳に這《は》う、ねっとりした声。

「離れろって」

目の前には、男の人の首に手を回して抱きつく女の人の姿。

まさか……。嫌な予感に動けずにいると。

「あ、お隣さん？　やっぱりお前だったんだな、由瑠」

女の人の肩越しに、彼がわたしに気づいて、焦る素振りもなく憎たらしいほど整った笑みを口にのせる。

柔らかそうな髪。くっきり二重まぶたの下には、魅惑《みわく》を詰め込んだ瞳。陶器のようになめらかな肌。

この世のものとは思えないほど整った顔。

この男の名を千茅藍と言う。

同じ高校に通う、一学年上の三年生。

——そしてわたしの因縁の相手。

モデルと見紛《みまが》う人並外れた端正なルックスで、歩くフェロモンなんて言われていたりもする。

おまけに秀才で成績もぶっちぎりのトップ。

だけど噂《うわさ》では、大勢の女の子と遊んでいる遊び人らしい。

この光景を見るに、その噂は本当だったみたいで。

要するに中身以外は完璧なのだ。中身以外……は。

やっぱり藍先輩がお隣さんだったんだ……。

固まったままでいるわたしに、女の人が振り返ってくすりと笑う。

「あら、ごめんなさいね。お子様には朝から刺激が強かったかしら」

な、ななっ……！　そっちが勝手にわたしに見せつけてきておいて、お子様扱いなんて！

「ど、どうぞご勝手に……！」

羞恥《しゅうち》と怒りで真っ赤になった顔で、わたしは逃げるように走り出す。

せっかく気分を上げて出発しようとしたのに、いきなり出鼻をくじかれてしまった。

お隣さんだからって、どうしてわたしが朝からあんな生々しい光景を目撃しなきゃいけないの！

「やっぱり、藍先輩って女遊びばっかりしてたんだ……」

……だからきっと、あの時もわたしにキスしたんだ。

わたしを彼女と間違えて。

そう思うと、きりりと胸の奥が痛んだのを感じた。

＊

スーパーのレジ打ちバイトからの帰宅後。

わたしは宿題をする前に、共有スペースで干しておいた洗濯物を自室に取り込んだ。

そして今日の夜ごはんはなににしようかなぁと、そんなことを考えながら、てきぱきと洗濯物を畳んでいると。

「ふわぁ……」

不意に大きなあくびが漏《も》れた。

学校からのバイト三昧《ざんまい》で、引っ越しも重なったからかなんだか疲れた。

お日様の匂いを含んだ洗濯物はふかふかだ。

今この匂いに包まれて眠ったら気持ちいいんだろうなあ……。

うららかなお日様の匂いを胸いっぱい吸い込みたくて、癒しを求めるように一枚のシャツを手に取る。

そして鼻を近づけると、ムスクのような甘い匂いが鼻腔《びこう》を満たした。

「……あれ？」

この匂い、知ってる。

はっとして手の中の洗濯物を見れば、それは見覚えのない男もののシャツだった。

一瞬考えて、すぐにひらめく。

これは、いつも藍先輩が着ている校内指定のシャツだ。

共有スペースに干していたから、洗濯物を取り込む時に間違えて一緒に取り込んでしまったのだろうと思いいたる。

香水や柔軟剤《じゅうなんざい》のものではないのに、なんでこんなに甘いんだろう。

甘いけれど男らしくもある。

――けれど嗅覚《きゅうかく》は、感じたことのないなにかを身体の奥から引きずり出した。

藍先輩の香りに包み込まれていると、突然びりびりっと身体の芯が痺《しび》れる感覚を覚えた。

「え……？」

身体が急に火照《ほて》り出す。

なにこれ……こんな感覚知らない……。

心とは裏腹に暴走しだす身体の熱。

わたしの身体、どうしちゃったの……っ？

身体の奥がうずいて、恐怖を覚えた時。

まるでそれを遮《さえぎ》るようにトントンとドアを叩《たた》く音が耳に届いた。

「なあ、俺のシャツお宅にあったりしない？」

藍先輩の声だ。

「だ、誰か……っ」

助けを求めるように息も絶え絶えに声をあげると、異変を察した藍先輩が勢いよく扉を開けた。

「由瑠……っ？」

と、室内に飛び込んだ藍先輩は口元を腕で覆《おお》う。

「この匂い……フェロモンが覚醒《かくせい》したのか？」

「え……？」

にわかには信じられなかった。

まさか自分がフェロモンを発しているなんて。

中学生の時、保健の授業で、養護教諭の先生が黒板を使いわかりやすく説明してくれた。

人口の約八％、その人々だけが十六歳前後を迎えると、フェロモンを覚醒させ、運命の番を呼び寄せるようになる。

そうした人々のことを〝特別体質〟と言う。

〝特別体質〟の人々は、フェロモンを放ちながらまるで熱に浮かされたように理性を失い、本能のままに身体が相手を求める。

そういう状態のことを発情と呼ぶらしい。

その時に発せられるフェロモンはひどく甘く、まわりにいる男性を誘惑する強い力があると言う。

一度発情したら、身体の欲を満たすことでフェロモンを抑えることができる。

そうして本能に導かれ出会った運命の番とは、一般的な恋愛や結婚よりもっと固く強いもので一生結ばれるのだ。

そしてこれは大事なことだと先生が強調するために赤いチョークで書いていたけれど、相手の首筋を噛《か》むことで番は初めて成立する。

番が成立すると、フェロモンは出なくなるらしい。

そういえばわたしは先月十六歳になったばかり。

「わたしが〝特別体質〟……？」

ショックで目の前の世界を闇が覆っていく。

わたしからお母さんを奪った忌々《いまいま》しい体質が、わたしにも遺伝しているなんて。

――お母さんは高校を卒業してすぐ、未婚でわたしを産んだ。

だからお父さんの顔は知らないけれど、お母さんとのふたりの生活はささやかながら満ち足りていて、じゅうぶんすぎるくらい幸せだった。

けれどわたしが十歳の時。

突然、お母さんは出会ってしまったんだ、運命の番に。

お母さんはわたしと同じく〝特別体質〟だった。

わたしに泣きながら謝るお母さんの顔は、今でもよく覚えている。

笑顔はうまく思い出せないのに、なんで泣き顔だけはこんなにも鮮明に覚えているんだろう。

『ごめんね、由瑠。彼が子どもは引き取れないって……。本当にごめんね……』

お母さんはわたしよりも運命の番を選んだ。

一度番になった相手とは永遠に離れることができない。

そんな〝特別体質〟の呪《のろ》いのような習性が、わたしとお母さんを引き離したんだ。

お母さんがわたしを置いて出て行ったのは、冷たい雨が降り注ぐ梅雨のある日だった。

その後はお母さんの妹——おばさんの家で引き取られることになったのだけど、もちろん歓迎されるはずもなかった。

おじさんとおばさん、それからふたりの従兄妹《いとこ》がいる家族の中に、突然現れたよそ者の居場所なんてなかったのだ。

おばさんの家に住まわせてもらうことになってすぐのある夜、リビングでおじさんとおばさんが話しているのを聞いてしまったことがある。

『あの子を養うなんて無理だ。児童養護施設に預けようか』

『それだと、ご近所さんになにを言われるかわからないわ』

『それもそうだな……』

『まったく、ほんとに姉さんはなんて厄介《やっかい》を押しつけてくれたのかしら。姉さんも姉さんで運命の番なんて恥ずかしい』

わたしを引き取ってくれたのは、近所の目があるから。それだけだった。

わたしはただの厄介者でしかなかったのだ。

そうしてわたしは独りになった。

わたしとお母さんを引き離した〝特別体質〟を恨んできた。それなのに——。

熱に浮かされた頭で混乱するわたしに、藍先輩が近づいてくる。

「考えるのは後だ。今は早く発情を抑えないと」

「え……」

藍先輩がわたしの腕を掴《つか》む。

直後、崩れる身体のバランス。背中に触れるひやりとした感覚。

気づいた時には、畳の上に組み敷かれていた。

「なぁ、身体しんどいだろ」

わたしは泣きそうになりながら、首を何度も縦に振る。

身体が発火したように熱くて、頭がくらくらする。

呼吸も浅くなってきた。

そしてなにより身体中が、触れてほしいと叫んでいるようで。

「俺が楽にしてやろうか」

「え……」

わたしに覆いかぶさった藍先輩がそう言う。

けれどフェロモンを一身に浴びているせいか、藍先輩の顔にもいつもの余裕はない。

ぼーっと熱に浮かされた頭で、もうなにも考えられなくなっていた。

「たす、けて……」

だれかに触れてほしくて。この身体を鎮《しず》めてほしくて。

声を振り絞れば、くいと顎《あご》を持ち上げられ、次の瞬間には食らいつくような激しい口づけがわたしの唇を奪っていた。

「んっ……」

食べられる……そう思った瞬間、唇が離れた。

「っぃ、きなり、き、キスなんて……」

乱された呼吸が整わないまま小さく抗議すれば、藍先輩の綺麗な指が再びわたしの顎を持ち上げた。

否応《いやおう》なしに視線が重なり合い、その視線に溺れそうになる。

「助けてほしいんだろ？」

赤く濡れた彼の唇が、わたしの唇をもう一度塞《ふさ》ぐ。

彼が口づけの角度を変えるたび、藍先輩の前髪がわたしをくすぐっていく。

畳のひんやりした冷たさが背筋を冷やし、唇の熱が身体中を熱くする。

息……できない……。

一方的な深いキスについていくのに必死で、藍先輩のシャツを必死に握りしめる。

それから藍先輩がわたしの首筋に顔を埋めた。

「ん……っ」

肌を吸われただけで、びくんと身体が揺れてしまう。

発情しているせいで、とても敏感になっているみたいで。

身体の奥底に眠っていた、わたしも知らない欲望が目を覚ます。

身体を起こした藍先輩は、わたしを温度のない瞳で見下ろし、平淡《へいたん》なのに艶のある声で言い放つ。

「キスくらいで泣いてんじゃねぇよ」

その言葉で初めて気づいた。

自分が今、涙を流していたことに。

「もっと気持ちよくする？」

わたしは残った理性でふるふると首を横に振った。

「……もう、ゃだ……」

欲望に呑《の》まれる自分の身体が、知らないものになっていくようで怖かった。

すると藍先輩はネクタイを緩めながら、妖しく口角をあげた。

「お前の泣き顔そそるな。もっと泣かせたくなる」

「っ……」

ああ、最悪だ。こんなことになってしまうなんて……。

わたしに覆いかぶさる危険な笑みが涙でじわっとぼやけた。

＊

発情が収まり、わたしはかかりつけの病院に行った。

検査結果ではやはり、〝特別体質〟であることが確認された。

さらにわたしの身体はフェロモンの分泌に少し異常があり不安定で、ほんの少しのきっかけで発情してしまうらしい。

発情は自分ではコントロールできない。

無理にフェロモンを抑え込むのは身体に負担があるらしく、気休め程度の弱い薬が処方された。

それを飲むことで、初めての時ほどの大量のフェロモンは出なくなるものの、完全に封じ込めることはできないとのことだった。

なんて身勝手で理不尽な体質だろう。

――『由瑠、ごめんね。お母さん、運命の番に出会ってしまったの』

思い出すのは、あの日のお母さんの声。

「なーに暗い顔してんだよ」

病院からの帰り道、つい眉間にしわを寄せ難しい顔をしていると、おでこをつんと小突かれた。

顔を上げれば、病院に付き添ってくれた藍先輩が澄《す》んだ瞳でわたしを見下ろしていた。

「ちょっと……ショックだったなぁって。〝特別体質〟とか運命の番とか、あんまりいい思い出がないから」

なるべく暗い雰囲気にならないよう、苦笑しながら本音をもらす。

「だから、まわりの人にはわたしが〝特別体質〟だってこと言わないでほしい、です。お願いします……」

この体質を隠し通せるとは思っていなかった。

フェロモンが出なくなるには運命の番に出会うしかないけど、そんな人はきっと現れない。

でもせめて、離れて住んでいるおじさんやおばさんだけにはバレたくなかった。

すると藍先輩は、存外にもあっさり受け入れてくれた。

空を見上げ、聞いたことがないくらい穏やかな声を放つ。

「隠すのは別にいいけど。でもなにも後ろめたいことなんてないけどな。〝特別体質〟だけが、運命の番となにより強い絆《きずな》を手に入れる特権を与えられるだろ。それってすごく幸せなことなんじゃねえの。女ってだいたい運命の恋に憧れてるだろ」

「そう、なんですか……？」

真っ暗闇に放り出されたような気持ちでいたわたしは、藍先輩の言葉に目をぱちくりとさせる。

そっか、そんな考え方もあるんだ……。

たしかに、中学時代に先生から説明をされた時、まわりの女子たちは浮き足立っていた。

そして十六歳になったら運命の人と結ばれるかもと、みんなきゃっきゃと喜んでいたっけ。

「でもまぁちょっと厄介だけどな、発情のコントロールができないっていうのは」

「そうなんですよね……」

家の外や学校で発情を起こしてしまった場合、わたしのフェロモンでまわりの人たちを惑《まど》わせてしまう。

それくらい発情期のフェロモンというのは強いものなのだという。

些細《ささい》なことがフェロモン覚醒のきっかけになり得るから、対処のしようがない。

そして怖いのは、フェロモンに誘発された人は理性が飛び暴力的になってしまう傾向があるということ。

その時、頭上で飛行機が唸《うな》り声をあげた。

それと、なにかを思いついたように藍先輩が危険な笑みを浮かべたのは同時だった。

「俺が助けてやろっか。秘密にしたいんだろ？」

「え……？」

飛行機の飛行音と重なりながら、藍先輩がなめらかに形のいい唇を動かし魅惑の言葉を口にする。

「フェロモンを抑制できないなら、暴走しないように身体の欲を発散させてやればいいってことだよな」

自分の唾《つば》をごくりと飲む音が、耳を、身体を揺らす。

「そんなこと……っ」

そんなこと、藍先輩にさせられない。

だって、藍先輩になんのメリットもない。

けれど、藍先輩は唇の端を持ち上げて、憎らしいほど綺麗に笑う。

「欲を発散するために俺を利用すればいいじゃん、由瑠」

「っ……」

こんなの絶対だめ。間違ってる。

……それなのに、さっき藍先輩が触れてくれた熱を思い出してしまうわたしの身体はどうしようもない。

本能に、抗えない。

わたしは自分に言い聞かせる。

これはあくまで発情を抑えるため。そう、ただそのために藍先輩を利用させてもらうだけなのだ、と。

藍くんは甘すぎ注意

「ほら、おねだりの仕方は教えただろ」

「……あ、藍くん……」

他に人がいない談話室。

顔が赤いのを自覚しながらも藍くんを見つめれば、ソファーに腰掛けわたしを膝《ひざ》の上に乗せた藍くんは目を細めて意地悪く笑んだ。

「いい子」

藍くんの手が伸びてきて、わたしの頬にそっとあてがわれる。

途端に、期待からか恥ずかしさからか心拍数が速くなっていき、きゅっと結んだ唇に、下から掬《すく》い上げるように唇を押し当てられた。

名前呼びを強要され、敬語も禁止。

ただただお互いの熱を貪《むさぼ》り合う——まるで恋人のように甘い時間。

けれど本物の恋人ではない。

間違った関係だとはわかっているけれど、発情しやすい身体の熱を鎮めるには、この手に縋《すが》るしかないんだ。

授業の合間の休み時間。

突然発情が起こりそうになって、わたしはこの談話室に藍くんを呼んだ。

あの日からこうして、藍くんはわたしに呼ばれるたびに身体の熱を治めてくれる。

口数が少なくて何を考えているかわからないけれど、わたしに触れてくれる手だけは優しい。

「口開けて」

「ふ……ん……」

藍くんの手が伸びてきたかと思うと、わたしのスカートの裾《すそ》から手を差し込んできた。

太ももに冷たい手が触れ、びくっと身体が揺れて反応してしまう。

そんなところ、だれにも触れられたことない。

藍くんの長い指が太ももの輪郭《りんかく》をつーっと撫《な》でる。

背筋がぞくぞくする……っ。

薬を飲んで抑えているからこの前ほど激しい発情は起きていないけれど、身体が熱くてつらい。

藍くんがわたしの相手をしてくれているのは、女の子ならだれでもいい快楽主義者だからなんだろう。

頭の中ではそうわかっているのに、発情している時は理性が効かず、本能のまま目の前の彼を求めてしまう。

恥ずかしさの奥に潜んだ快感を引きずり出され、抗うことができない。

藍くんから与えられる刺激に、身体と本能が支配される。

緊張とドキドキは最高潮に達し、気を紛らわせるように声をあげる。

「あい、くん……」

「ん？」

「なんでこんなに、キス慣れてるの……？」

すると藍くんの細い親指が、わたしの唇をくいっとなぞるように拭う。

「言っとくけど、ファーストキスはお前だから」

——その瞬間、ある日の記憶の蓋《ふた》が開いた。

発情した時が藍くんとの初めてのキスではない。

もっと前に、わたしは藍くんに唇を奪われたことがある。

天気雨の日。

初めて藍くんの頬を叩いた日。

初めて藍くんを怖いと思った日。

わたしたちの中で、なかったことにしていた日。

藍くんのファーストキスがわたしだったたなんて知らなかった。

ずっと、そんなわけないと勘違いしていた。

と、藍くんの視線が、なぜかスカートに向けられていることに気づいた。

「スカート、短くしただろ」

「えっ、あ、それは……」

そういえば、この前も藍くんにスカートの丈《たけ》が短すぎるって注意されたんだった。

「由瑠」

わたしを責めるように藍くんの艶を帯びた声が耳朶《じだ》を打つ。

どくんっと反応する鼓動。

「言ったよな、この前もスカートの丈が短すぎだって」

わたしをソファーに押し倒し、藍くんが追及の眼差《まなざ》しを向ける。

「で、でもまわりのみんなもこれくらいだし……」

「まわりの女がどうだろうとどーでもいい。由瑠の足が出過ぎなのが問題なんだよ。この丈の短さは刺激強すぎ。目の毒」

どうしてわたしだけだめなの？

それに刺激が強いって、どういうことだろう……。

もしかして、この姿、見苦しいとか……っ？

「じゃ」

ぐるぐる考え込んでいると、藍くんの手が伸びてきて、ジャケットの下に滑《すべ》り込み、わたしの腰にまわった。

そしてくるくると折ったスカートのウエストを下ろしていく。

腰に触れた指に、思わず反応して声が漏れた。

「ひゃ……っ」

「ゆーる、声我慢して」

ううこれ以上はなんだか危険な気がする……っ。

わずかに残っていた理性と羞恥心で、藍くんの胸元を押し返し——。

「だっ、だめーっ！」

談話室に、わたしの声が響き渡ったのだった。

＊

「ゆるるん、ずいぶん張り切ってるね」

「え、あ、そうかなぁ」

家庭科の調理実習中。

腕を奮ってボウルの中のチョコ味の生地をかき混ぜていると、それに気づいた瑛《え》麻《ま》ちゃんに声を掛けられた。

瑛麻ちゃんは、高校に入学して同じクラスになってからずっと仲のいい親友。

ポニーテールがトレードマークのしっかり者の女の子だ。

今日の調理実習の課題はチョコチップたっぷりのカップケーキ。

ひとつは先生に提出するものの、もうひとり分作ることが許されている。

だからみんな、恋人や他クラスの友達のために作ったりしているんだ。

瑛麻ちゃんはにやにやした顔で、わたしの耳に口を寄せてきた。

「もしかして好きな人でもできた？　たとえば～、藍先輩とか？」

瑛麻ちゃんの口から出てきた思いがけない名前に、わたしは授業中にもかかわらず、思わず声を張り上げた。

「あ、藍くん……っ？」

教室中の視線を浴び、わたしは思わず首を竦《すく》め、潜めた声でごにょごにょと否定する。

「藍くんは関係ないよ……」

瑛麻ちゃんだけは、わたしのお隣さんが藍くんだということを知っている。

女子生徒から熱狂的な人気を集める藍くんのお隣に住んでいると他の女子にバレたら、命の危機も危ぶまれるので、他には公言していない。

「え～？　だって最近よくふたりで会ってるじゃない」

「そ、それは」

動揺したわたしは、ついさっきソファーの上で藍くんに触れられたことを思い出してしまい、かーっと顔が熱くなる。

「なに、顔赤くしちゃって！　もしかして襲われちゃった⁉」

「お、おお、襲われたなんてそんな……っ！」

「そんなに顔赤くして否定されたって信じられないから！　なにされたのっ？」

興味津々というように、瑛麻ちゃんが顔を近づけてくる。

なにを隠そう瑛麻ちゃんは、大の恋バナ好き。

瑛麻ちゃんがこうなったら、もうだれにも止められない。

わたしは耳のふちがじんわり熱いのを感じながら、もごもごと口を動かす。

「ふ、太もも触られた、くらいだよ」

「な、なんだって⁉」

瑛麻ちゃんの声が教室に響き渡り、またかという無数の視線を感じながらわたしは慌てて瑛麻ちゃんの口を塞ぐ。

「瑛麻ちゃん、声がっ……」

「あっ、ごめんごめん！」

ちょうど先生が教室を出ていたからよかったものの、もし先生がいたら間違いなく注意されていた。

瑛麻ちゃんは声のボリュームを落としながらも、紅潮《こうちょう》した顔でまくしたてる。

「そんなのもう襲われたも同じだよ！　藍先輩、ゆるるんのこと好きなんだよ！」

「ありえないよ、そんなの……！」

あんな女たらしが、わたしのことなんて好きになるわけない。

ちょうどいい暇つぶしなんだと思う。

来るもの拒まずな藍くんのことだから、きっと他の女の子にも同じようなことをしてるはず。

「それに違うよ！　このカップケーキはもちろん推《お》しに捧《ささ》げるんだよ……！」

胸を張ってそう言い切る。

わたしの推し、それは同級生の神崎朔《かんざきさく》くんだ。

爽《さわ》やかで容姿端麗、成績優秀。

同性異性関係なく生徒からの支持が熱く、生徒会副会長を務めている。

そんな神崎くんはまるで昔憧れた絵本の中の王子様のようで、こっそり神崎くんを推しているのだ。

違うクラスだから話したこともないし、きっとわたしのことなんて神崎くんは知らないだろうけど、遠くからこっそり見て拝んでいる。

「ゆるるん、神崎くんのことほんとに好きだよねぇ」

「だってあんな完璧な男の子、見たことないもん……！」

「ふぅん」

なぜかあんまり楽しくなさそうな顔をして、瑛麻ちゃんが唇を突き出す。

作ったカップケーキは、恥ずかしいから匿名《とくめい》でこっそり神崎くんの下駄箱に入れておく予定。

わたしの手作りを推しに食べてもらえたら嬉しい。

そう思うと、生地を混ぜる手にも不思議と力がこもった。

調理実習おわりの昼休み。

わたしはエプロンを外す手間すら惜しみ、そのままの格好で一階にある昇降口に向かう。

形はちょっと不格好だけど、レシピ通りだから味には問題ないはず。

愛情はたっぷり詰め込んだつもり。

カップケーキを片手に、高揚感《こうようかん》と共に廊下を歩いていたわたしは、ふと足を止める。

唐突に、不穏《ふおん》なことに気づいてしまったから。

……あれ、そういえば神崎くんって甘いもの苦手じゃなかったっけ。

わたしの頭の中の神崎メモを探り、青ざめる。

そうだ、神崎くん、甘いものは食べない人だった……！

だからバレンタインの日は、大勢の女子からのチョコをひとりひとり丁寧に断っていたのを思い出した。

なんてことを失念していたんだろう。

ショックのあまり、その場に膝から崩れ落ちそうになる。

せっかく一生懸命作ったのに……！

ぱりんと音をたてて、神崎くんの爽やかスマイルがまっぷたつに割れる。

じゃあこのカップケーキは、自分で食べるしかないよね……。

しょぼんと項垂《うなだ》れ、教室に戻ろうとした時。

『由瑠』

砂糖よりも甘ったるいあの声が、耳の奥で再生された。

……そういえば、藍くんって甘いもの好きかなぁ。

手の中の袋に入ったカップケーキを見つめる。

……そう、これはあくまでもったいないから。

藍くんにあげたくてあげるわけではないの。

自分にそう言い聞かせているうちに、わたしの足は藍くんを探すために動き出していた。

昼休みの廊下は、大勢の人で溢《あふ》れている。

ひとつしか歳は変わらないのに、三年生の証《あかし》である深い緑色のネクタイやリボンを着けた人たちがひどく大人びて見えて、緊張で背筋が伸びる。

談話している人たちの間を縫《ぬ》い、ようやく藍くんの教室に着いた。

けれど教室に藍くんの姿はない。

その後も非常階段や空き教室、裏庭などを探し、そのどれもが空振りに終わると、もしや昼寝でもしているのではと最後の賭《か》けで保健室へ向かってみる。

一階にある保健室に辿《たど》り着くと、保健室の先生は昼食中のため留守のようだった。

がらんとした気配を感じながらもそっとドアを開けてみると、一番奥のベッドのまわりをカーテンが囲んでいることに気づいた。

もしかしてとは思ったけれど、その中に藍くんがいるという確証はないため足音を忍ばせて近づき、揺れるカーテンの隙間から中をそっと確認する。

ベッドの上に、こんもりと山ができている。

そろーっと足音を忍ばせながらベッドに近づくと、布団の中ですやすやと眠る藍くんを見つけた。

藍くんの寝顔を見るのは初めて。

いつもの妖艶《ようえん》さはなりを潜め、無防備な寝顔は、あどけない子どもみたい。

目を閉じていると、ただでさえ長い睫毛《まつげ》がさらに強調されている。

まるで精巧《せいこう》に作られた彫刻のよう。

「綺麗……」

ほうっと見惚《みと》れて、ふと我に返る。

いけない、起こすという当初の目的を忘れていた。

手の中のカップケーキは、学校中を駆け回っている間にチョコチップが溶け出し、まわりのビニールに少しくっついちゃってる。

溶けてしまう前に食べてもらいたくて、就寝中に起こすのは躊躇《ためら》われたけど、そっと彼の名を呼ぶ。

「……藍くーん」

けれど、藍くんは起きる気配がない。

「ん……」と形のいい唇から吐息が漏れるだけ。

「藍くん、藍くーん?」

体を揺すっていると、不意に腕を掴まれた。そして。

ベッドに引き込まれて、わたしの体はあろうことか藍くんの腕の中に。

「なっ、ぁえ……っ?」

強い力で抱きしめられて、わたしの頭は爆発寸前。

「ちょっ、あ、藍くん!」

声を張りあげると、ようやく藍くんが目を開けた。

とろんとした目にわたしが映る。

「由瑠……？」

「お、おはよう……！」

離してもらおうと腕に力を込めるけど、それは呆気《あっけ》なく藍くんに抱きすくめられて無効化する。

わたしの下で、藍くんがいたずらっぽく笑う。

「寝込みでも襲いにきた？」

「なっ……」

「由瑠ってそんな積極的だったんだ」

「ち、違う！」

こんな綺麗な顔を拝まされて、ムカつくけど普通でいる女子がいるはずない。

わたしはもがきながら、藍くんの目の前にカップケーキを差し出した。

「これ……！　これを渡しに来たの！」

「なにそれ、カップケーキ？」

藍くんの腕の力が緩み、その隙にわたしは藍くんの腕から逃げる。

「調理実習で作ったの」

「え、由瑠が？」

「そうだよ」

するとと上体を起こした藍くんが、ふっと表情を緩めて笑った。

「まじか。嬉しい」

「え……」

なんでそんな嬉しそうな顔で笑うの。

そんな顔で笑うなんて、わたし、知らなかった。

きりりと胸の奥が痛んだ。

純粋に喜ぶ藍くんを前にして、違う男子のために作ったものなんだよって、本当のことを言うのが躊躇われた。

「じゃ、さっそくいただきます」

そう言った藍くんは不意にわたしの手を掴んだかと思うと、わたしが持っていた半溶けのカップケーキを一口かじった。

伏せられた睫毛がつやつや光っている。

ちろりと覗《のぞ》く赤い舌先が、なぜか色っぽい。

手を掴まれたままでいるせいか、咀嚼《そしゃく》する彼から目を離せない。

緊張でカラカラになった口を開き、躊躇いがちに問う。

「どう、かな……？」

「ん、うまい」

「本当……⁉」

嬉しくなって思わずはしゃいだその時、保健室に近づく足音が聞こえてきた。

多分、その音に気づいたのはわたしと藍くん、同時だった。

気づいた直後、不意をつかれるように腕を引き寄せられた。

そして――。

「失礼しまーす。先生、いませんかー？」

保健室の先生を探しにきたのであろう女子生徒が入ってきた。

わたしは――あっという間にベッドに連れ込まれ、掛け布団に包まれて藍くんを押し倒す形になっていた。

「あい――」

開きかけた口を閉じさせるように、藍くんが自分の口元に人差し指をたてる。

「いないなら、勝手に絆創膏《ばんそうこう》一枚いただいちゃいますねー」

いないい先生に向かって、女子生徒が声を張りあげる。

その声に重なるようにして、ぽとん、とカップケーキがわたしの手からベッドに落ちた。

「もっと美味《うま》そうなの見つけた」

まるでなにか悪巧《わるだく》みを発見したかのように藍くんがそう囁《ささや》き、それから掴んだままのわたしの手についたチョコを、赤い舌を伸ばしてぺろりと舐《な》めて見せた。

「あま」

藍くんが意地悪く唇の両端をつり上げ、そう囁く。

深く切り込まれた二重の線。

そして長い睫毛の下の、ヘーゼルナッツ色の濡れたような瞳。

女子が羨《うらや》むものがすべて集約されている目元はひどく蠱惑的《こわくてき》で、見慣れているはずなのに不覚にも心臓が揺れる。

「失礼しましたー」

直後、保健室から女子生徒が出ていった音が聞こえると、ベッドに横たわった藍くんがわたしを見上げたまま、ぞくりとするほど綺麗で意地悪な笑みを浮かべた。

「もっと、する？」

――わたし、知ってる。

藍くんの甘ったるい声は危険な合図だって――。

直後、藍くんがわたしの右耳をかぷっと甘噛みしてきた。

「ひゃっ……」

弱いところを攻められて、びりびりっと身体中に電気が走る。

その間に藍くんの長くてしなやかな指が、しゅるっとリボンを解《ほど》き、ぷつっぷつっと音を立てて制服のボタンを器用に外していく。

そして胸元まで開かれたと思うと、

「な、やっぁ……」

ちゅっと音を立てて、露《あら》わになった胸元にキスが落とされる。

触れられたことも、ましてやキスされたことなんてなかった場所に甘い刺激が落ちてきて、鼻にかかった声が漏れた。

反射的にびくっと腰が揺れてしまう。

けれど藍くんはそんな反応を知ってか知らずか、胸元や鎖骨《さこつ》に次々と唇で触れていく。

唇でキスしたりちゅっと吸ったり、舌をつーっと這わせたり。

熱が移動し、藍くんに触れられていると実感するたびに息が詰まる。

身体がどんどん藍くんに染まっていく。

本当はベッドに連れ込まれた時にはすでに、発情してしまっていたなんて、口が裂けても言えない。

「由瑠の肌、甘くて柔らかくてうっかり溺れそうになる」

降り注ぐキスの合間に放たれた低く掠《かす》れた声が、耳朶を打つ。

「っはぁ、ぁ……」

息がだんだん荒くなっていく。

快感の波に溺れていく。

……もう、限界っ。

なけなしの理性でわたしはガバッと布団をはね除け、藍くんから距離をとった。
鼓動はまるでジェットコースターに乗った後かのように、爆速で暴れている。
心臓が今にもはち切れそう。
「あ、あのっ、わたしもう行くねっ」
それだけ言うと、藍くんの目もまともに見られないまま保健室を駆け出した。
舐められ触れられた部分に熱が集中して火照っている。
ついでに頬もきっと発火しているのではと思われるほど赤いはず。
藍くんを前にしたら、きっと心臓は何個あっても足らない。
——でもこのどきどきは、本能のせいでしかないんだ。

意地悪な藍くんのイタズラ

「今日も推しが尊《とうと》い……っ」

数列先のテーブルで男子たちと談笑しながらミートスパゲティーを食べる神崎くんを拝んでいると、斜め向かいに座った瑛麻ちゃんの彼氏さん——流星《りゅうせい》くんが「ははっ」と笑い声をあげた。

「中町ちゃんの推し拝みタイムが始まった」

それはお昼休みのこと。

わたしと瑛麻ちゃん、そして流星くんは、三人で食堂でお昼ご飯を食べていた。

月に一回、瑛麻ちゃんとクラスの違う流星くんと一緒に、こうして食堂で学食を食べるという習慣があった。

いつもはバイト先のスーパーでもらった残り物を持ってきているけれど、毎月この日だけは少し贅沢《ぜいたく》をして学食のメニューから昼食を選ぶ。

そして今日、食堂で昼食を食べていた時、偶然にも推しの姿を発見したのだ。

カレーを食べることも忘れて、無意識のうちに胸の前で手を組んでいたわたしは、咄嗟《とっさ》にその手を下ろした。

無意識だったから、なんだか恥ずかしい。

でも、恍惚《こうこつ》とせずにはいられなかったのだ。

ミルクティー色のサラサラの髪に、優しげなカーブを描く瞳。

品行方正とは、彼のためにある言葉だと思う。

神崎くんの存在は、毎日を頑張るための糧《かて》だと言っても過言ではない。

推しのおかげで、学生生活エンジョイ中なのです！

「でもゆるるん、神崎くんと話したことないんだよね」

「えっ、そうなの？」

隣に座る瑛麻ちゃんの言葉に、流星くんが目を見張ってわたしを見る。

わたしは胸の前で再び手を合わせ、悟《さと》りを開くようなポーズで答える。

「いいの。遠くから眺めてるだけでじゅうぶんだから」

たまにクラスメイトに、そんなに好きならなんで告白しないの？と聞かれたりもするけれど、推しの存在とはそういうものではないのだ。

恋愛感情とは違う。

認知だってしてもらわなくても構わない。

ただ推しが今日もすこやかに息をしていてくれれば、それだけで幸せなんだ。

するとその時。突然、食堂の入口の方が黄色い歓声に包まれた。

カレーを掬ったスプーンをくわえながらそっちを見ると、わたしより先に歓声の理由に気づいた瑛麻ちゃんが声を上げた。

「きゃぁ！　藍先輩だ！」

藍くんが気だるげに歩きながら、食堂に入ってくるところだった。

まわりの女子たちも、藍くんを遠目に見てひそひそ声で話している。

「やっぱ藍って、この高校でぶっちぎりでかっこいいよね」

「競争倍率高すぎるけど、せめて藍の認知がほしい」

藍くんの話題は、いつだって校舎のあちこちで絶えない。

〝学校中の女子は一度は千茅藍を好きになる〟、なんて噂まで囁かれるほど。

今も片っ端からまわりの女の子たちの目をハートにさせている。

歩くフェロモン恐るべし。

遠巻きに見ながら、のんきにカレーを食べていると。

「あれ？　藍先輩、こっちに向かってきてないっ？」

「え？」

瑛麻ちゃんが悲鳴にも似た声をあげる。

その声につられて顔を上げれば、こちらに歩いてくる藍くんとばっちり目が合ってしまった。

「由瑠じゃん」

……ああっ、見つかってしまった！

もちろん、まわりの女子たちの敵意に満ちた視線がこちらに集中しないわけがなく。

穴があったら入りたいとは、まさにこのこと。

そんな張り詰めた空気を、藍くんは意にも介さず、わたしの方へすたすたと歩いてくる。

「偶然だな、由瑠」

「あ、藍くん……」

「昨日の夜、シャワー中にお前歌うたってただろ。丸聞こえだったんだけど」

藍くんが迷惑そうな声で忠告してくる。

薄い壁だから隣にまで聞こえてしまうことをすっかり忘れていた。

というか、そんなことより！　こっちに向けられてる視線が、一気に冷えたんですが……！

誤解を招くような言い方しないで……！

「ちょっと、なにあの子」

「あの子、藍のなんなの？」

ひい……っ。決して平和じゃないひそひそ声が聞こえてくる……！

わたしは空気を変えるように、初対面であろう藍くんに流星くんを紹介する。

「あ！　えっと、彼は瑛麻ちゃんの彼氏さんの流星くん、です！」

「へー、こんにちは。いつも由瑠がどーも」

藍くんはあんまり興味がなさそう。

一方の流星くんは、背筋をぴんっと垂直に伸ばした。

「は、初めまして！　藍先輩のことは知ってます！」

緊張しきりの流星くんの向かい側に座った瑛麻ちゃんが、目をきらきらさせて言う。

「もしよかったら、藍先輩も一緒に食事どうですか？」

「え、俺までいいの？」

「いいよね、ゆるるん」

そう言って、わたしにだけわかるようにこっそりウインクしてくる瑛麻ちゃん。

いやいや、それはなんのウインクなの……！

このままではわたしの安息の時間が崩壊してしまう……！

けれど、藍くんと瑛麻ちゃんの視線を一身に受けて、わたしは頷《うなず》くしかなかった。

「ど、どうぞ……」

渋々《しぶしぶ》そう言うと、

「じゃ、一緒に昼食食べて行こっかな」

その答えを待っていたように空いていたわたしの前に座る藍くん。

「悪いね、俺のせいで話の腰を折っちゃって」

「いえいえ！　ゆるるんがいると空気が華やぐって話してたんです」

なぜか全然違う話を持ち出した瑛麻ちゃんの返事に、藍くんがこちらを見てふっと笑う。

「ああ、由瑠は可愛いよな」

「な……」

さらりと爆弾を落とされて、鼓動がどくんと反応する。

場に合わせてそう言っただけだとわかっているのに、ちょっとでも動揺してしまった簡単な自分が恥ずかしい。

すると、その時。

「……っ」

揃《そろ》えていた足の間に、割り込んでくるなにかがあった。

驚きに思わず肩が跳ねてしまったけれど、なんとか声を飲み込む。

わたしの足に触れてくるそれは、藍くんの足だ。

慌てて向かいに座る藍くんを見るけれど、藍くんは涼しい顔で瑛麻ちゃんたちに笑いかけている。

まさか、瑛麻ちゃんたちがすぐそばにいるところで、こんないたずらを仕掛けてくるなんて。

ふくらはぎの間をゆっくり出入りする、藍くんの足先。

甘く柔く刺激され、会話に集中したいのにできない。

すべての意識がふくらはぎに集中しちゃう。

「どうしたら藍先輩みたいになれますか！」

「実は流星くん、藍先輩に憧れてて」

「俺に？　はは、絶望的に見る目がないね、キミ」

「ええ！　なんでですか！」

瑛麻ちゃんと流星くんと話している間にも、藍くんの足が、ふくらはぎからつーっと上へ移動してくる。

机の下のいじわるを、瑛麻ちゃんたちにバレるわけにはいかない。

わたしはもう、漏れそうになる声をこらえるのに必死だ。

足の先から痺れが走ってきて、それは快感に変わってしまいそうで。

こんなところで反応したりなんて、絶対できないのに。

スカートの裾がめくれ、太ももの付け根に滑らされていく。

「でも中町ちゃんと藍先輩って仲いいんですね」

流星くんの言葉に、藍くんがこちらを見て視線を合わせてくる。

「ああ、仲いいよな、由瑠」

発情を誘発するように、露わになった太ももをつーっとなぞっていく藍くんの足先。

だめっ、普通を装わなきゃいけないのに……っ。

「……うっ、ん……っ」

上擦《うわず》った声が思わず漏れてしまった、その時。

ガタッと立ち上がった藍くんが、突然わたしの手首を掴んできた。

「由瑠、具合が悪そうだな。ちょっと風に当たりに行くか」

「え？」

「ゆるるん、大丈夫⁉」

状況についていけていない瑛麻ちゃんと流星くんを置いて、なかば強引にわたしの腕を引くと食堂を出る藍くん。
そして一階の端にある空き教室に入ると、ドアを乱暴に閉めた。
「……由瑠」
いつもより低く掠れた声で名前を呼ばれ、びくっと肩が揺れる。
藍くんの声が、耳の奥を這うように刺激してくる。
藍くんがわたしの顔の横に肘《ひじ》をつき、わたしの背はドアに押しつけられている。
……もう、逃げられない。
この逃げられない状況の中、わたしはゆっくりと顔をあげた。
自分の顔が耳まで真っ赤であることを自覚しながら。
すぐそこには、つい目を奪われてしまう藍くんの顔がある。
「なんでそんなに顔赤くしてんの。俺に触れられただけで発情しちゃった？」
全部わかっているくせに、藍くんは愉《たの》しげにわたしをもてあそぶ。
そう、これは発情の合図だ。
ああ、抗いたいのに抗えない。
前髪の隙間から覗くまっすぐな瞳で射抜《いぬ》かれたら、わたしはもう……。

囁くように問われ、わたしは震える口を開く。

「あ……う、ちがう……。でも……触れてほしいって、思って、た……」

ああ、こんなことを考えるなんて、わたしはどうなってしまったんだろう……。

藍くんにもいよいよ引かれてしまうかもしれない。

それなのに、優しくわたしに触れてくれる藍くんの指が恋しくて、身体の奥がうずいてしかたないの……。

すると藍くんが顔をがくんとうつむけ、はーっと大きなため息を吐き出した。そして。

「俺を殺す気？」

なにかを押し殺すような声に、わたしはきょとんと藍くんを見た。

目の前の藍くんの瞳には、ほの暗い光が灯っていて。

「俺の理性、試してんの？」

「え？」

藍くんは甘い声でそう囁いたかと思うと、わたしの首元に顔を埋めた。

「あっ、ひゃあ……」

「お前はほんとにかわいーね」

思わずワントーン高い声が唇の隙間から漏れてしまう。

けれど悪魔な藍くんは、それをくすりと笑うんだ。

じり、と後ずさりしたいのに、わたしの背に当たるのは無慈悲《むじひ》なドア。

「どこ触ってほしい？　由瑠ちゃん？」

こんな時ばかり、砂糖をたっぷり溶かしたような声で由瑠ちゃん、なんて。

やっぱり藍くんはずるい。

「あう……そ、んっなの……」

「……ここ？」

ちゅっと音をたてて耳に触れ、それから甘噛みされる。

わたしは快感を散らすように、必死に藍くんの服をぎゅっと握りしめる。

「それともここ？」

容赦《ようしゃ》のない藍くんが、首筋に唇を這わせる。

つつつ、と柔く温かい熱が動く。

甘く、けれど決してわたしを逃がさない痺れが、わたしの身体を貫く。

「ん……っ」

意思に抗って、とろけたような声が漏れちゃう。

こんな感覚初めてで、ぱんっと頭がまっしろになる。

わたしの弱点を探し当てた藍くんは、いじわるで、でもぞくっとするほど綺麗な笑みを浮かべる。

「フェロモンの匂いが強くなった。へぇ、首弱いんだ」

わたしの首に唇を落としながら、制服の裾から手が入り込んでくる。

藍くんの指が、いたずらっぽくわたしのお腹を撫でていく。

長くしなやかな指で、今までだれにも触れられたことのない素肌に触れられ、腰がびくびくっと跳ねる。

快楽に弱く言うことをきいてくれない自分の身体がうらめしい。

藍くんの腕を押し返そうとするけれど、びくともしてくれない。

藍くんに与えられる刺激に合わせて、口から漏れる呼吸が荒くなる。

身体が芯から熱くなる。

「まっ、て……」

「身体反応してる。気持ちいい？　我慢しないで、声聞かせて」

「いや、ぁ……っ」

「感じてるとこ、俺に見せて」

膝に力が入らなくて、足元から一気に崩れそうになる。

けれどその寸前、さっと腰に手が回されて、藍くんに支えられる。

もう自分の力だけで立っていることはできなくなっていた。

頭の中で危険信号が灯る。

もう、これ以上は……っ。

わたしは紅潮した顔を隠すように、顔の前に腕をかざす。

「だ、だめ……っ」

するとわたしの顔の前の腕を、藍くんはやすやすと剥《は》がした。

否応なしにかち合う瞳と瞳。

……顔を見られたくなかった。

だって、今のわたしはきっと真っ赤な顔をしているから。

「だから、見ない――っ」

突然落ちてきた唇が、わたしの口を塞いで黙らせた。

「んんっ……」

上唇を甘噛みされ、わたしの唇の形と熱をたしかめるように何度も角度を変え、唇が重ねられる。

と、息をしようと開けた口に、すかさず藍くんの熱が入り込んできた。

初めて感じる感触に、思わずびくっと身体が揺れるけど、がっちり腕で拘束されているせいで逃げられない。

強引なくせに優しい、矛盾をはらんだキス。

濡れた感触が次第に脳を麻痺《まひ》させていく。

舌から全身が砕《くだ》け溶けていくよう。

「キスしただけですぐ涙目になっちゃって。可愛いね、由瑠」

どこかで藍くんの声が聞こえたけれど、現実かわからなかった。

貪るようなキスの波に、わたしは溺れた。

藍くんの温もりに包まれて

「ありがとうございました。またお越しくださいませ」

レジでお会計をし、お客様にお辞儀をする。

レジ打ちの一連の動作はすっかり身体にしみついたもの。

引っ越し前は休みの日もなく毎日バイトをしていたから、このスーパーでもすっかりベテラン扱いを受けるようになっていた。

最近はセルフレジがぐんぐん勢力を伸ばしているけれど、小さな個人経営のこのスーパーでは当面レジ打ち係が必要そうだ。

働く場所がなくなってしまったら困るからちょうどいいのだけど。

人の波が途切れて、わたしはふうと息をつく。

なんだか身体がだるい。

体育の時間にバレーボールに熱中してしまったから、身体が少し疲れているみたい。

立ちっぱなしで固まってしまった背筋をほぐすように、小さく伸びをした時。

「おかあさーん、お菓子買って〜」

レジの向こうから、小さな女の子の声が聞こえてきた。

その声につられて、ふとそちらを見ると、手を繋《つな》ぎ一緒に買い物をしている親子連れを見つけた。

幼稚園バッグを背負った女の子に、お母さんは笑いかける。

「いいわよ、ひとつだけね。注射を頑張ったご褒美《ほうび》」

「やった〜！」

嬉しそうに飛び跳ねる女の子。

微笑《ほほえ》ましい光景がそこに広がっている。

わたしにだって、あんなふうにお母さんと手を繋ぎ、笑顔を向けてもらう時代はあった。

でも日に日に記憶の中のお母さんの笑顔の輪郭がぼやけて、上手に思い出せなくなっている。

『由瑠は私に幸せを運んでくれる天使なのね』

いつだったか、お母さんが幼いわたしを抱きしめ優しい声でそう語りかけたことがあった。

この時、わたしはお母さんの笑顔を守るぞって、小さな使命感を抱いたんだ。

それなのに、どうしてわたしを置いていったの、お母さん——。

言葉にならない思いは消化されないまま胸の底に落ちていった。


「お疲れさまでしたー」

三時間半のバイトが終わり、他の社員さんたちに挨拶をしてスーパーの裏口から外に出る。

時刻は二十時。

あたりはすっかり闇が支配していた。

身体の怠さはまだ続いていて、バイト中は少ししんどかった。

身体が弱っているせいか、思い出さないように蓋を閉じていたはずの記憶まで思い出してしまったし。

明日も放課後にバイトがあるけれど、休むことはできない。

学費免除とはいえ、スーパーでのバイト収入だけでは今の生活もかつかつ。

少しでも働いて稼がないと。

今日は早く寝て明日に備えなきゃ……。

いつの間にか落ちていた肩に力を入れ直し、歩む足取りをほんのわずかに速める。

五分ほど歩き、車の往来が激しい大通りを抜け、路地裏に差し掛かった。

暗い夜道に街灯はぽつりぽつりと立っているだけ。

あと十五分ほど歩けばアパートに着く。

けれど身体に異変が起こったのは、その時だった。

突然めまいに襲われ、わたしはふらついた。

まずい、と思った時にはもう遅かった。身体中が発火するような熱を持ち、息が浅くなる。

間違いない、これは発情のサインだ。

バイトの時から続いていたのは、疲れによるものではなく発情の予兆だったのかもしれない。

外で発情してしまうなんて。こんなこと今までなかった。

念のために緊急用のフェロモン抑制剤も処方されていたけれど、今日に限って持ってくるのを忘れてしまった。

よりによってこんな時に……どうしよう。

このだるい身体を引きずって、アパートまで辿り着けるだろうか。

暗闇の中でぎゅうっと身を縮こまらせた時だった。

だれかの足音が背後から聞こえてきた。

アスファルトの地面に向けていた視線で振り返れば、真面目そうなサラリーマンが歩いてくるところで。

けれどその目は虚空《こくう》を見つめているかのように焦点が合っていない。

「甘い匂いがするな……。フェロモンか？」

彼の声に、ぞくっと背筋に氷水を差し込まれたような悪寒を覚える。

……まずい。

わたしは肩に掛けたスクールバッグの持ち手をぎゅっと握りしめる。

〝特別体質〟が発するフェロモンは、男性を惑わす作用があるのだ。

目の前のこの人の瞳は、まさに理性と我を失いかけているように見えた。

――逃げなきゃ。

頭の中に危険信号が灯り、わたしは逃げるように足を速める。

だるい身体に鞭《むち》を振るい、息を潜めたまま急ぎ足で歩いていた、その時。

「君、〝特別体質〟だよね？　さっきからずっと甘い匂いがしてる……」

息の荒い声と共に肩を掴んだその手に、身動きを封じられた。

恐怖に心臓がドクンと重い音をたてる。

わたしを見過ごしてはくれなかったようだ。

恐れていた、最悪な展開。

どうしよう、怖い……。

「無視はないだろう。自分から甘い匂いさせて男を誘惑してるくせに」

いたって真面目そうなサラリーマンなのに、フェロモンのせいで口調も乱暴になっている。

人をこんなにも変えてしまう、自分の身体が怖い。

「い、急いでるので……っ」

「はは、震えてる。可愛いね、君。ちょっとだけ味見をさせてくれないかな」

「い、や……」

今はもう、降りかかってくる声のすべてが、恐怖を煽《あお》るそれでしかなくて。

最悪だ。最悪だ。やっぱり〝特別体質〟なんて最悪だ。

すべての力を振り絞って、掴んでくる手を振り払う。

そして全力で路地を駆けだした。

「おい、逃げるなって！」

暗闇の中、怒声と足音が追いかけてくる。

もうなにも考える余裕もなくて、わたしは廃ビルの物陰に駆け込むと、そこにしゃがんで隠れる。けれど。

「痛っ……」

足首に走る鈍《にぶ》い痛みに、わたしは思わず顔をしかめた。

足を止めて、初めて気づいた。走っている時に、足首を挫《くじ》いてしまったらしい。

この足じゃもう走ることはできない。

どうかこのまま気づかれずに、やり過ごすことができれば……。

そう祈るけれど、運命は無情で無慈悲だ。

「ほら、怖がらないで出てきなさい。匂いがしてるから、隠れても無駄だよ」

からかうような笑い声と足音は、こちらに近づいてくる。

そしてパッと明るく照らし出されたかと思うと、男の人が持つスマホのライトがわたしに向けられていた。

「見つけた」

「あっ……」

こちらに近づいてくるにやついた顔が、悪魔のように見える。

男の人の目からすっかり正気の色は消えていた。

フェロモンが誘発する本能に理性が壊され操《あやつ》られているんだ。

逃げたいけれど、この足で逃げたところで、すぐにまた捕まることは目に見えている。

「噛ませて……噛ませてよ、首。俺と番になればいい……」

「や……っ」

そして再び腕を掴まれ、首を噛まれそうになる。

首を噛まれたら、意思に関係なく強制的に噛んだ相手と番になってしまう。

そんなのいや……！

恐怖に、涙が滲《にじ》む目をぎゅっとつむった時。

突然、わたしと男の人の間を割るように、すごい勢いで壁を蹴る足があった。

「──なにしてんだよ、変態」

耳朶を打つその声に、はっきりとわかった。

「藍、くん……？」

闇を背にしてそこに立っていたのは藍くんだった。

堰《せき》を切ったように安堵《あんど》が込み上げてきて、視界の中の藍くんの姿がぼやける。

藍くんの声の底には、ぞっとするようなひどく冷たいものが潜んでいる。

漆黒《しっこく》と化した瞳に光はない。

藍くんは男の人の髪をいきなり掴み、そしてぐいっと引き寄せた。

「だれに気安く触ってんだ？　その子に触った手を今すぐ折ってやろうか」

本当に怒った人は、声を荒らげるでもなくこんなに冷たい声を放つのだと、初めて知った。

ただならぬ怒気に、さっきまで我を忘れていた男の人も気づいたのだろう。

怖気《おじけ》づいたように、一気にさっきまでの薄ら笑いが姿を消す。

「あ、いや、これはその冗談で」

「ああ？　冗談ならこの子に触れていいと思ってんのか」

藍くんは中学生の頃、有名な不良だったと噂で聞いたことがある。〝冷血無慈悲な悪魔〟だと。

今では落ち着いている藍くんの姿からは、そんなの想像もできなくて、作り話だったのだと思っていた。

けれど、禍々《まがまが》しいほどのオーラを纏《まと》う藍くんの姿を見ては、否定のしようがなかった。

「なあ。俺が消してやってもいいんだぞ」

すっかり戦意を喪失している男の人に向かって、そう囁く。

このままじゃ、藍くんの手が汚れてしまう。藍くんが……。

「やめて！」

思わず叫んでいた。

我に返ったように藍くんの瞳に彩光《さいこう》が宿る。

「由瑠……」

「元はわたしが発情しちゃったせいだし……。もう許してあげて……」

すると藍くんの手がふっと緩み、その隙に男の人は慌てふためくように逃げて行った。

そして男の人が去っていくと、わたしは藍くんを見上げる。

けれどそれより先に、こちらに伸びてきた腕が、わたしの身体を抱きすくめていた。

「あ、藍くん……っ？」

「……あいつになにもされてないか？」

まるで支えを失ったように弱々しい声。

言葉にして答えたいのに、喉《のど》の奥にせり上がってくる涙の気配に声が詰まって、わたしはこくこくと首を縦に振る。

「よかった……」

耳元で吐き出される吐息交じりの声は、紛れもなく疑いようのない藍くんの本音で。

こんなに心配されるなんて思ってもみなかったから、思わず藍くんの腕の中で目をぱちぱちと瞬かせる。

「なんでここが……」

「夕食食ってきた帰り。歩いてたら由瑠の匂いがしたから、嫌な予感がして」

「そっか……」

〝特別体質〟のせいでピンチに陥《おちい》り、〝特別体質〟によって助けられたらしい。なんて皮肉な話だろう。

「……帰るぞ」

身体を離した藍くんが、わたしの頭に手をぽんと置く。

うんと頷き、わたしも歩き出そうとして、そこで左の足首に鈍い痛みが走った。さっき、逃げている途中で足を挫いたことを忘れていた。

「痛……」

思わずしゃがみ込むと、それに気づいた藍くんが腰を曲げて屈《かが》んでくる。

「どうした？」

「さっき足を挫いちゃったみたいで……」

するとが藍くんが、「じゃあ」とわたしに背を向けてしゃがみ込んだ。

「おぶってやるから、背中に乗って」

「えっ、だ、だめだよっ」

突然の提案に、わたしは慌ててぶんぶんと首を横に振った。

けれど藍くんは引かない。

「ほら、早く。その足じゃ歩けないだろ」

「なっ、ぁうう……」

見透かされている。

藍くんの言うとおり、ずきずき痛むこの足ではアパートまで歩ききることは難しそう。

「でも、藍くんにそんなことさせられないよ」

「強情なやつだな。こういう時は黙って甘えればいいんだよ。どうせ帰る先は一緒なんだし」

「う、うん……」

最後の一押しをされて、わたしはおずおずと藍くんの背中に身体を預けた。

するとふわりと足が地面を離れて、わたしの身体は宙に浮く。

まるでわたしを気遣うように、ゆっくりとした足取りで藍くんが歩き出す。

「お、重くない？」

「全然」

「重かったら言ってね……！　すぐ降りるから！」

「だから大丈夫だって」

言い合っていると、ようやくいつものペースを取り戻してきた。

発情も徐々に収まっていくのがわかる。

ほっぺを藍くんの背中にくっつけると、ほのかなムスクの甘い香りが鼻をつき、心臓の音が聞こえてくる。

とくとくと控えめに鳴る心臓の音を聞いていると、自分の心が凪《な》いでいくのがわかる。

藍くんに触れて、こんなにも安心するのは初めてだった。

この温もりにすべてを委《ゆだ》ねてもいいとさえ思った。

自然と心の内からこぼれるように、ぽつりとお礼の言葉が口をついて出る。

「ありがとう、藍くん。助けてくれて……」

「ほんとお前は危なっかしいからな。仕方ないから、運命の番が現れるまでは俺が面倒見てやるよ」

そう言ってふわりと微笑んだ気配が、風に乗って伝わってきた。

こんなに近くにいて身体は触れ合っているのに、どんなに手を伸ばしてもその心には届かないような気がして。

わたしが運命の番だと思える人と出会ったら、わたしと藍くんの関係はどう変わるんだろう。

その時がきたら藍くんは、まるで風のように、その心を掴めないまま消えてしまいそう。

そんな予感に、ほんの少し、寂しいと感じてしまったわたしは多分どうかしている。

＊

「さ、着いた」

アパートの部屋の前まで来ると、藍くんがわたしをそこにそっと下ろした。

「ありがとう、藍くん」

「全然。こんなのなんでもないから」

わたしの頭にぽんと手を置いて、くすりと微笑んでくる藍くん。

その笑顔に刺激されるようにして、胸の奥にしまっていた本音が顔を出し、わたしはおずおずと口を開いた。

「ここまでお世話になっておいて、図々しいのはわかってる。でもあの……今夜、一緒にいてもらえないかな」

「はあ？」

間髪入れずに呆《あき》れかえった声が返ってきた。

藍くんはため息とともに額《ひたい》を押さえる。

「なにを言い出すかと思えば……。お前は馬鹿か」

藍くんの言うとおりだ。

こんなの迷惑でしかないことはわかってる。

でも、目の前にいるこの人に縋らずにはいられなかった。

わたしにとって藍くんは、一筋の光だった。

「だって……暗闇が怖いの……。今日だけだから、お願い。お願いします……」

家に戻っても、頼れる家族なんていない。

この扉の先は空っぽの暗闇。

お母さんのことも襲われかけたことも、それらの傷が癒《い》えない今日だけは独りになるのが怖かった。

うつむいていると、大きなため息が降ってきた。

「……今日だけな」

＊

その夜。

藍くんがシャワーを浴びている間、わたしはリビングに二組の布団を敷いていた。

いつかお母さんが帰ってきた時のために。そんな未練がましい思いでしまっておいた布団が、まさかこんなふうに役に立つなんて。

けれどいざ布団を並べると、自分から頼んだとはいえ、藍くんと同じ部屋で寝るという状況に急に緊張してきた。

狭い部屋だから、布団を二組敷くとなるとどうしてもくっついちゃう。

わたしが言い出したことだけど、とんでもないことをしでかしちゃったのかもと、今になってその実感に襲われる。

でも今日はこの部屋を覆う静けさに耐えられない気がして……。

今も、お風呂場から聞こえてくる藍くんのシャワー音に助けられているのは、紛れもなく事実だった。

ひとりだったら今頃、お母さんの記憶と襲われかけた恐怖で、うなされていたかもしれない。

「出たぞ」

そうこうしているうちに藍くんがシャワールームから出てきた。

藍くんには、たんすの中に眠っていた大きめサイズのスウェットを着てもらった。

サイズは大丈夫だろうかと心配していたけれど、さすが藍くんは着こなしている。

「お、お疲れ……」

わたしは思わずかちかちになって、布団の上に正座をしてしまう。

もう無心で過ごすしかない。

緊張を振り払うように、膝の上でぎゅうっと拳《こぶし》を握りしめる。

「じゃ、寝るか」

「う、うん」

と、私の前を通り過ぎざま、藍くんがなにか面白いものでも見つけたようにその目を細め、ふっと唇を持ち上げた。

「なに、今更意識してんの？」

藍くんは、わたしが懸命に隠した動揺を見逃してはくれない。

こちらに近づいてきたかと思うと、わたしに覆いかぶさるようにして布団に手をついて屈んだ。

その距離は、鼻先と鼻先が触れそうなほど近い。

怖いほど綺麗な顔が急に間近に迫り、息を呑む。

彼の髪がさらりと揺れるたびに、わたしと同じシャンプーの匂いが漂《ただよ》い、それがさらにどきどきを加速させる。

「なにされるかわかったうえで、俺のこと呼んだんだよな？」

「え……あ、それは……」

意地悪な囁きに、頭の中でサイレンが鳴る。

やっぱり藍くんと同じ部屋で寝るのは危険だったかも……！

藍くんが首を横に傾《かし》げた。

そしてわたしを見つめたまま わずかに目を細める。

その眼差しはあまりに色っぽくて、発情していないはずなのに、一気に体温が上がる。

キス、される……。

唇に熱が迫る予感に、ぎゅうっと目をつむった時。

代わりに、鼻先をちょこんとつつかれた。

目を開ければ、藍くんがわたしを小馬鹿にするような笑みを唇に刻んでいた。

「触らない」

「え？」

「お前、俺に触れられるとすぐ発情しちゃうもんな?」

「だっ、ぁ、ぅう……」

一気にかぁぁあっと顔が熱くなる。

これじゃ、わたしがキスを期待していたみたい。

うう……、もてあそばれてる気がする……!

それからわたしたちは、並んだ布団に入った。

電気を消し、天井を見つめていると、緊張が解《ほぐ》れていくのがわかる。

「なぁ」

静寂を破ったのは藍くんだった。

静かだからもう寝ていると思ったのに。

「なに?」

「そーいや由瑠ってなんでひとり暮らししてるんだっけ。家族は?」

オブラートに包まずストレートにぶつけられた質問に、わたしは思わず隣の横顔を見つめてしまう。

この人、デリカシーのデの字もない……!

女子高生がひとり暮らしをしていたら、なにか事情があるだろうと察するよね、普通……！

でも、気を遣うような空気を作らないでくれたから、かえって気負わずに話すことができたのかもしれない。

重く閉ざしていた口を、静かに開いた。

「……お母さんに捨てられちゃったんだ、わたし」

暗闇の中に、ぽつりぽつりと過去の記憶を落としていく。

お母さんがいなくなった時も、おじさんとおばさんに歓迎されていないことを知った時も、涙は一滴も出なかった。

悲しさを途方もない絶望がやすやすと追い越していったから。

おじさんとおばさんに引き取られ、わたしは肩身の狭い家で息を潜めて生きてきた。

高校生になったら自立できるよう、バイトでお金を貯めて、このアパートに引っ越した。

高校の学費も免除になるよう勉強も必死に頑張った。

寂しさを感じる暇もないくらい必死に生きてきたけれど、それでもふとした時、胸に穴が開いたような虚しさと孤独感が募る。

お母さんがわたしを置いて出て行ってしまってから、わたしはどこにいてもひとりぼっちなのだ。

「――以上が、わたしがここでひとり暮らしをしてる理由、です」

ぽつぽつとこぼしていた声を閉じる。

わたしにとっては仄暗《ほのぐら》く思い出したくもない過去だった。

だけどすべてを話し終え、なぜか心は重い荷物を手放したように軽かった。

家族の話は、これまで友人にもしたことがなかったけど、もしかしたらずっとだれかに聞いてもらいたかったのかもしれない。

でも話が途切れ、代わりにやってきた静寂に、わたしは数秒前に感じたことを撤回する。

わたしはすっきりしたけれど、すっかり藍くんのことを置き去りにしてしまった。

聞かれたからとはいえ、突然こんな話を聞かされたら、また迷惑でしかない。

「なんて……。重いよね、ごめん」

できるだけ空気を軽くするように、自嘲《じちょう》気味な笑みを浮かべる。

すると、腕を枕代わりにして天井を見つめていた藍くんが、ふとこちらを見た。

暗がりの中で、彼の瞳が揺らめく。

「大変だったんだな」

その瞳はあまりにまっすぐだった。

笑いもしなかった。哀れみもしなかった。

ただ、わたしの心の中を見つめてくるようだった。

まっすぐに射抜かれ、わたしは一瞬言葉を詰まらせる。

「……っ、そう、かな」

「お前は頑張ったよ」

なんでだろう……。

その言葉に、目の奥をじんと刺激された。

こんな時ばかり優しいなんてずるい。

そしてすごく、惜しいなとも思った。今、暗がりの中にいることが。

だって、今の藍くんの表情はきっととても綺麗だった、そんな気がするから。

「……藍くん、手を……握らせてくれないかな」

それは、ほんのダメ元で。隣に人がいる温もりを実感したくて。

空気に溶かすようにそっと問う。

すると返ってきた藍くんの答えは意外なものだった。

「ん、好きにすれば」

そう言って、なんてことない感じで手を差し出してくる藍くん。

だめだと言われるとしか思っていなかったわたしは思わずへらっと破顔して、布団から出した手を伸ばし、その手をそっと握った。

藍くんの温もりを直《じか》に感じていると、ひどく安心する。

男らしく骨張った細い手は、わたしの手のひらの中でされるがままだ。

「おやすみ、藍くん」

「ああ、おやすみ」

やがて数分経《た》った頃、耳をよく澄ませなければわからないほどかすかに寝息が聞こえてきた。

「もう寝た?」

返事はない。

その沈黙で寝たと判断し、小さな独り言をその背中にぶつける。

「……ありがとう、藍くん。藍くんがいてくれてよかった」

そういえば、藍くんはなんでこんなところにひとりで住んでいるんだろう。

キラキライケメンが、こんなぼろくさいアパートに住んでいるなんて、ちょっと非現実的だ。

尋ねようと思ったのに、それは襲いくる眠気にかき消された。

そして、さっきまで聞こえていた寝息がいつの間にか途切れていたことに気づかないまま、眠りに誘われた。

藍くんからの愛してる

日曜日。

「ゆるるーん！」

部屋の外から聞こえてきた瑛麻ちゃんの声に、雑誌を読んでいたわたしは急いで玄関へと向かう。

玄関のチャイムは引っ越し前から壊れているから、申し訳ないけれど大声で呼びかけてねと、あらかじめ伝えてあった。

ドアを開けると、そこには可愛いフリルのワンピースに身を包んだ瑛麻ちゃんが立っていた。

「ゆるるん、おはよう！」

「瑛麻ちゃん、ようこそ！」

学校が休みの今日、わたしの家で瑛麻ちゃんと遊ぶ約束をしていた。

こうして家に遊びに来てもらうのは初めて。

瑛麻ちゃんのお家には何度かお邪魔したことがあるけれど、立派なお庭付きのとてもおしゃれな二階建てのお家だ。

それに比べてわたしの家は古びたアパートの一室。

こんなところにお嬢さまの瑛麻ちゃんを呼ぶなんてあまり気が進まなかったけど、お邪魔してばかりでは悪いし、瑛麻ちゃんがわたしの住んでいるところにも行ってみたいと言うので、今日の計画が立った。

「狭い部屋だけど、どうぞ」

「おじゃましまーす」

わたしの部屋に入ると、瑛麻ちゃんは目を輝かせた。

「わ〜！　ゆるるんの部屋、なんか落ち着く！」

「え、そうかな」

「ここがゆるるんのお城なんだね」

瑛麻ちゃんが嬉しそうに部屋を見渡す。

そう、ここは自分の力で手に入れた、わたしだけのお城なんだ。

瑛麻ちゃんに肯定してもらったことで、そう思い直すことができ、胸の中に芽生えた小さな卑下《ひげ》は消え去った。

「どうぞどうぞ、座って」

「うん！　あ、これつまらないものなんだけどお土産。一緒に食べよ♪」

クッションに座りながら、瑛麻ちゃんが持っていた紙袋を差し出してくれる。

「わ、ありがとう」

「駅で行列ができてたから、つい買っちゃった」

「チョコ？　おいしそう……！」

いただいたチョコをさっそく開封していると、瑛麻ちゃんがうずうずとした目線を送ってくる。

「で、このお隣に藍先輩も住んでるんでしょ？」

「うん」

すると、「やばーい！」と小さく腕を振り、興奮した様子の瑛麻ちゃん。

ついこの間、この部屋で藍くんと手を繋いで寝たばかり。

あの日の記憶や温もりは今も鮮明で、思い出した瞬間、発火したように顔が熱くなる。

「あ、えと、お、お菓子と飲み物とってくるね……！」

真っ赤になった顔をごまかすように立ち上がった、その時。

突然部屋のドアがノックされたかと思うと、「由瑠、いる？」と返事を待たずにドアが開き、その隙間から私服姿の藍くんが姿を現した。

噂をすればなんとやらだ。

「あ、藍くん……！」

「この前借りたスウェットだけど」

そこまで言いかけて、藍くんが瑛麻ちゃんの存在に気づく。

「あ、瑛麻ちゃん来てたんだ。ごめん、後にするわ」

身を引こうとした藍くん。

けれどそれより先に、勢いよく瑛麻ちゃんが立ち上がった。

「あ、あああ藍先輩……！」

藍くんを前に、声が上擦っている瑛麻ちゃん。

目がハートマークになってる。

「待ってください！　藍先輩さえよかったら一緒にどうですかっ？」

「え？」

わたしと藍くんの声が綺麗に重なった。

「流星、元気？」

「元気です。相変わらずいっつも藍先輩の話してます」

「はは」

それからわたしと瑛麻ちゃんは、藍くんを含めて三人でわたしの部屋で一緒にお茶をしていた。

この狭い六畳一間に瑛麻ちゃんと藍くんがいるなんて、なんだか不思議な感覚だけど、話が弾んでとっても楽しい。

「そういえば昨日もデートしました」

「へー、いいね」

「瑛麻ちゃんと流星くん、ラブラブなんだよ」

「えへへ。彼と愛してるゲームをして、たくさん愛してるをもらっちゃいました」

「愛してるゲーム？」

聞き覚えのない単語に、わたしは首を傾げた。

そんなわたしに瑛麻ちゃんがすかさず説明してくれる。

「愛してるって交互に言い合うゲームだよ。言われて照れた方が負けっていう簡単なルールなの」

「へぇ、面白そう」

「夜遅くまでやっていたせいで、ちょっと寝不足気味なんだけどね」

愛してるゲームをして夜更かしする瑛麻ちゃんと流星くんを想像すると、なんだか微笑ましい。

するとテーブルの上のチョコを口に含んだ瑛麻ちゃんが、ごくんとそれを飲み込み、姿勢をぴんっと正して藍くんに向き直る。

「っていうか私のことなんてどうでもいいんです！　それより藍先輩はゆるるんのこと、どう思ってるんですか？」

直球な質問に慌てたのは、藍くんの隣にいたわたしの方だった。

「え、瑛麻ちゃん……っ」

そんなこと訊《き》いたら、藍くんが困っちゃう……！

藍くんにとっては、きっとただの暇つぶし相手でしかないのだから。

――けれど。

「大切に思ってるよ」

「え……」

わたしの思考を遮って隣から聞こえてきたその声に、心臓がどきんっと跳ね上がって動揺する。

だってあまりに慈《いつく》しむように、心の声を実感するように言うから。

藍くんを見れば、嘘ではないことがわかるくらいまっすぐに瑛麻ちゃんを見つめていて。

それはただの気まぐれ、だよね……？

その答えを受けた瑛麻ちゃんは瞳を潤《うる》ませ、感激したように胸の前で手を組む。

「きゃあ！　ゆるるん、よかった……ね……」

なぜか瑛麻ちゃんの目がとろんとしてると気づいた、次の瞬間。

言い終えるか言い終えないかのうちに、瑛麻ちゃんが突然ばたんとテーブルに突っ伏した。直後、寝息が聞こえてくる。

「瑛麻ちゃん……っ？」

突然のことに、わたしは飛び上がって瑛麻ちゃんの肩を揺する。

けれど瑛麻ちゃんはすーすーと規則正しい寝息をたてるだけで、目を開けようとしない。

するとテーブルの上に置いてあったチョコの包み紙を見た藍くんがあることに気づく。

「このチョコ、アルコール入りだ」

「えっ？」

それはお土産でさっき瑛麻ちゃんが食べたもの。まさか洋酒入りだったなんて。

「どうしようっ」

涙目で慌てるわたしに、藍くんの冷静な声が諭《さと》す。

「大丈夫、寝てるだけだから。ちょっと寝かせてやった方がいいんじゃない？」

たしかにすやすや気持ちよさそうに寝ている瑛麻ちゃんを起こすのは、気が引ける。さっき寝不足気味って言っていたし……。

「ここじゃなんだし布団に移すか」

「うんっ」

藍くんが瑛麻ちゃんを抱き上げ、布団に寝かせてくれる。

そしてわたしがすやすや寝ている瑛麻ちゃんに毛布をかけていると、床の上に腰を下ろした藍くんが、なぜか自分の足をとんとんと叩く。

「由瑠、おいで」

「お、おいでって……」

と、突然なに……？　まさか、瑛麻ちゃんもすぐそばにいるのに膝の上にっ？

ぶんぶん首を横に振って、拒否の意思表示。

けれど藍くんはわたしの必死の抵抗をあっさり払いのけ、腕を掴んで引き寄せた。

その反動で、わたしは簡単に藍くんの膝の上に収まってしまう。

逃げたいのに、腰に回った藍くんの腕でしっかりとホールドされて、身動きがとれない。

藍くんは膝の上で少し目線の高くなったわたしを、上目遣いで見上げてくる。

「チョコ、由瑠も食べてみる？　気持ちよくなれるかも」

藍くんが洋酒入りのチョコを、目の前で包み紙から取り出す。

「気持ちよく……？」

「そ。気持ちよく」

藍くんの声はまるで魔法のよう。

なぜか、その声に抗うことはできないんだ。

甘い香りを放つ毒りんごを差し出され、わたしに選択の余地はない。

ぎゅうっと下唇を噛みしめると、それを藍くんは肯定と受け取ったのだろう。

「ん」とチョコを差し出してくる藍くん。

強い引力に導かれるように、わたしはおずおずと口を開ける。そして。

——ぱくり。

藍くんがわたしの口の中にチョコをそっと押し込んだ。

唇に、ふにと藍くんの人差し指が触れる。

熱で柔らかくなっていたチョコは、口の中ですぐどろりと溶ける。

「うまい？」

「おぃ、しい……」

つんと鼻に抜ける洋酒の香り。

大人でビターな味わいが口いっぱいに広がる。

藍くんに見つめられたまま、甘い塊《かたまり》をごくんと飲み込む。

すると藍くんは微笑んで、形のいい唇を開いた。

「なぁ、由瑠。俺らも愛してるゲームしよ」

「え、でも」

思いがけない提案に、わたしは藍くんの膝の上で慌てた。

あたふたしていると、藍くんが小さく首を傾げてわたしの顔を覗き込んでくる。

「しないの？」

「……うぅ……します」

だから、その上目遣い攻撃は反則過ぎると思う。

真正面からこの目で見つめられて、流されずに自我を保てる女子がいるのかな。

「じゃあ、俺からな。……愛してる」

「うっ」

わたしを見つめたまま放たれた「愛してる」に、初手から心臓が大ダメージ。

ああ、これ、わたしが愛してるって言われてるって勘違いしそうになる……。

でもこれはゲームなんだから……！と自分の心を奮い立たせ、震える唇を開く。

「あい、してる」

そう返すと、藍くんは余裕そうに笑って——耳元に口を寄せたかと思うと、ふっと息を吹きかけてきた。

「愛してる」

耳元で囁かれ、反射的に体が跳ね上がっちゃう。

「な……っ、そんなの反則だよっ、藍くん」

「反則だってルールは聞いてないけど？」

そう言われてしまったら、なにも言い返せない。

「んぅ……愛してる……」

やっとのことで言い返せたと思ったのに。

藍くんの手がわたしの服の裾から入り込んできたかと思うと、腰のラインをなぞるように触れてきた。

そして優しくそっと、けれどもてあそぶように触れながら。

「愛してる」

身体にびりびりっと電流が走ったような刺激に襲われ、背筋がびくんっと伸びてしまう。

「やっ、やめ……っ」

必死に藍くんの身体を押し返そうにも、身体に力が入らない。

「全然嫌そうに見えないけど」

「……ぁ、うぅっ……」

「ほら、由瑠の番」

藍くん、意地悪だ。

促され、震える唇を開く。

「あいしてる」

すると今度はわたしのブラウスのボタンをぷつんぷつんと外し、襟元《えりもと》を広げて鎖骨にキスを落としてきた。

鎖骨あたりの肌を強く吸われ、チクッとした痛みが走る。

「っあ……」

自分でも驚くほど大きな声が漏れた。快楽に抗えず、身体が素直になってしまっている。

「敏感になってるな。アルコールのせい？」

耳元での囁き声にさえ反応しそうになる。

たしかに酔いがまわってきたのかもしれない。

頭がふわふわしてきた。身体が熱くて、頭の芯がぼーっとする。

「でも声抑えないと、瑛麻ちゃんが起きる」

そうだ……。瑛麻ちゃんがすぐそこで寝てるんだった。

「愛してる」

首筋をつーっと舐められ、そして軽く吸われる。

「んんっ」

声が漏れてしまって、慌てて口を押さえ、ふるふると首を横に振る。

だめっ……、瑛麻ちゃんが起きちゃう……。

瑛麻ちゃんがすぐそこにいるのに、藍くんは全然手加減してくれない。

むしろこの状況を楽しんでさえいるような気がする。

「あ……愛してる」

ぼーっとした意識の中、やっとのことでそう返すと。

「由瑠、愛してる」

なんでかとても切実なものに聞こえたけど、それはきっと幻覚。

アルコールのせいだ。

わたしは藍くんの両頬に手を添えた。

そして上を向かせ、じっと瞳を見つめる。

「由瑠？」

……ああ、綺麗だなぁ、藍くんの瞳。

透き通るような瞳の中に、星が煌《きら》めいているみたい。

こんな大胆なことができてしまうのはきっと、アルコールに助けられているから。

「愛してるよ、藍くん」

すると藍くんが、勢いよくばっと顔を伏せた。そして。

「……降参」

「へ？」

「それ、反則だろ」

藍くんの顔が赤く見えるのは、気のせい……？

「わたしの勝ち？」

「まじでお前、タチ悪い……」

ちょっと拗《す》ねたように上目遣いで見上げてくる藍くんに、きゅんと胸が甘い音をたてる。

いつも余裕そうな藍くんのこんな顔、見たことない。

すると、その時。

「ふわ〜、よく寝た〜」

布団の方からそんな声が聞こえてきて、見れば瑛麻ちゃんが起きたところで。

わたしは慌てて、藍くんの膝の上から飛び上がる。

初めて藍くんに勝てたけど、その理由はよくわからなかった。

そして藍くんからアルコール禁止令が出されたのは、ちょっと後の話。

藍くんと危険な夜

「いいよ、由瑠の好きにして」

わたしの下で、ベッドに横になった藍くんが、そう唇を動かす。

間接照明に照らされた藍くんの笑みは、綺麗で色っぽくて。

「あ……あぅ……」

……どうしよう。わたし、藍くんを押し倒しちゃってます……。

＊

さかのぼること数時間前。

「わぁ！　ゆるるん、可愛い～！」

慣れない浴衣姿で瑛麻ちゃんの部屋に戻ると、先に浴衣に着替えていた瑛麻ちゃんがそう褒めてくれた。

今日は花火大会。

わたしと瑛麻ちゃん、それから流星くんの三人で遊びに行く予定をたてていた。

せっかくなら浴衣姿で花火大会を満喫しちゃおうという話になり、流星くんには内緒で、瑛麻ちゃんと先にふたりで集合して準備をしているんだ。

浴衣は、瑛麻ちゃんのお母さんが準備してくれた。

着付け教室に通っているという瑛麻ちゃんのお母さんに着付けまでしてもらって、お世話になりっぱなし。

「色白の由瑠ちゃんに似合うと思って」と準備してもらったのは、白色の生地にピンクと薄紫の花がたくさんあしらわれている、とても可愛い浴衣だ。

「瑛麻ちゃんこそ、とっても可愛い」

瑛麻ちゃんはピンク基調の浴衣。

裾を泳ぐ赤い金魚がアクセントになっていて、瑛麻ちゃんにとてもよく似合っている。

「へへ、ありがと。そうだ、私がヘアアレンジしてあげよっか！」

そう言って、ベッドに腰掛けていた瑛麻ちゃんが立ち上がる。

「え、いいの？」

「もちろん！　せっかくだし、とびきりおしゃれしちゃお！」

そうしてわたしは、瑛麻ちゃんの魔法の手によって器用にヘアセットを施《ほどこ》されていく。

瑛麻ちゃんはテンションがあがったようで、「ついでにメイクもしちゃお〜っと」と、わたしの顔を大小様々なブラシで彩っていった。

「よし！　できた！」

数分後、手持ち鏡の中には、ヘアセットとメイクを終えた別人のような自分がいた。

編み込みにした髪を、頭の後ろで緩くまとめているみたい。

ヘアアレンジをしてもらっただけで、おしゃれに見えるから不思議。

頬にはほんのりチークが乗り、唇はうるうるな艶で覆われている。

普段は自分ではほとんどメイクをしないから、鏡の中にいる自分がとても新鮮に映る。

「瑛麻ちゃん、すごい……」

「えっへへ。ゆるるん、元がいいからやりがいがある！」

そうして準備を終えたわたしたちは、瑛麻ちゃんの家から、流星くんとの待ち合わせ場所である駅前に向かう。

隣を歩く瑛麻ちゃんがあまりに可愛くて、つい惚れ惚れしちゃう。

いつも可愛いけれど、ヘアセットや浴衣がとても似合っている。

きっと流星くん、惚れ直しちゃうだろうなぁ。

と、そんな予感は大当たり。

先に駅前に着いていた流星くんは、瑛麻ちゃんの姿を見るなり、その衝撃に大きく目を開けて口を押さえた。

「え、ええ瑛麻ちゃん、浴衣……？　可愛すぎる……」

「えー、ほんと？」

流星くんの反応にほんのり顔を赤らめる瑛麻ちゃんは、可愛くてたまらない。

瑛麻ちゃんにあんな可愛い顔をさせる流星くんがうらやましいくらい。

「ふたり、今日もラブラブだね。憧れちゃうなあ」

思わず心の声が漏れちゃう。

ふたりの仲いい姿を見ていると、わたしもそういう存在がほしいと憧れずにはいられない。

すると、瑛麻ちゃんが猫のようにぱっちりな瞳でわたしを見つめた。

「こんな超絶可愛いゆるるんに彼氏がいない方がおかしいと思うけどね」

「うんうん。俺も同意」

「そんな、わたしなんか！」

両手を胸の前で振りながら、ふとある人の顔が頭に浮かぶ。

孤独な夜に、わたしの手を握っていてくれた、あの人の顔が。……でも。

ないない、そんなわけない……！

わたしは無理やりその人の残像を頭の中から追い出すように振り払った。

花火大会の開催地は数駅先。

雪崩《なだれ》のように降りる人々に押し出されるようにして電車を降りる。

すると駅を出てすぐ、花火大会仕様に衣替えした街並みがわたしたちを出迎えた。

行儀よく等間隔で飾り付けられた提灯《ちょうちん》に、所狭しと並んだ色とりどりの屋台。忙《せわ》しなく声が飛び交う通路は浴衣を着た人間で溢れ、香ばしい匂いがあちこちから漂ってくる。

みんな浮き足立っているのか、空気が賑《にぎ》やかだ。

流星くんの提案で、花火が打ち上がるまでの時間を、屋台を見ながら過ごすことにした。

目的地を決めないまま商店街を練り歩く。そして食べたいものがあったら都度そのお店に立ち寄り、食べ物を買う。

道に並ぶのは、定番のたこ焼きやからあげ、りんご飴《あめ》やクレープなど魅惑の食べ物ばかり。

普段は節約しているけれど、今日ばかりはあまり我慢しすぎないと決めていた。

「はあ、幸せ……」

ほくほくのじゃがバターを頬張り、わたしは幸せを噛みしめる。

花火大会、ばんざい……！

そして唇の端に付いてしまっていたバターをぺろりと舐めながら、屋台を眺めていた時。

わたしはあるものを見つけ、ふと足を止めていた。

そこはアクセサリーや小物を取り扱う屋台で、その中に白い鳥のマスコットキーホルダーを見つけたんだ。

商品説明のPOPには、『幸せを運ぶキーホルダーです！』と書かれている。

ころんとしたフォルムの鳥のマスコットはとても可愛らしく、お守り代わりに持っているのもいいなと思えた。

「このキーホルダー、ひとつください」

なぜか強く惹《ひ》かれたわたしは、迷う間もなく会計をしていた。

すると、その時。

「へー、なにそれ。幸せを運ぶキーホルダー？」

そんな声と共に、背後からわたしの肩に重みが乗る。

わたしの肩に、だれかが顎を乗せてきたのだ。

そしてこの声の主を、わたしは振り返らなくてもわかってしまう。

「藍くん⁉」

「よう」

振り返れば、藍くんがそこにいた。

グレーの濃淡で描かれた縞《しま》模様の浴衣を身に包んだ藍くんは、いつもと違う雰囲気をまとっていて艶やかでかっこいい。

和服までこんなに着こなしてしまうなんて、なんだかずるい。

「えっ、藍先輩じゃないですか！」

わたしの声に、隣の屋台を見ていた瑛麻ちゃんが気づく。

「ああああ藍先輩！」

藍くん信者の流星くんは、緊張と興奮ですっかりかちこちだ。

「どうしてここに？　っていうか浴衣姿、似合いすぎです……！」

瑛麻ちゃんが目を輝かせて早口でまくしたてる。

するとその時。

「藍の浴衣？　うちらで着せたんだよ～」

藍くんの背後から、浴衣をまとった三人の女子が現れた。

とても美人でキラキラしている人たち。

その人たちを、高校で見かけたことがある。

たしか、藍くんと同じ一個上の三年生だったはず。

「賭けダーツで負けた藍に、今日一日モデルしてもらってんの。で、今は三対一のデート中」

先輩のひとりが、藍くんの腕に腕を絡めた。

「デートじゃねぇから」

「えー、なにケチくさいこと言ってんの」

仲のよさそうな藍くんと先輩たちのやりとりを前に、わたしはこれまで感じたことのない感覚に襲われていた。

藍くんが女の子にきゃーきゃー言われることは学校では日常茶飯事。

なのに、なんでだろう……。こんなにもやもやしちゃうのは。

藍くんはだれのものでもない。

それなのに、宝物を取り上げられたみたいな寂しさに襲われている。

藍くんだって、美人なお姉さんたちといる方が楽しいに決まってる。

わたしなんて色気もないし、特別可愛いわけでもないし、ナイスバディとはほど遠いお子ちゃま体型だし。

それでも、自分だけが藍くんの隣にいたいなんて、そんなことを考えてしまうわたしはおかしい。

「さ。そろそろ行こ、藍。ウチで二次会しなきゃ」

「え～、花火見ないの？」

「花火見てからにしようよー」

女子の先輩たちがわいわい盛り上がっている。

わたしは後ろからそっと近づくと——思わず、藍くんの浴衣の裾をつまんでいた。

「由瑠？」

藍くんが振り返る。

「行かないで……ほしい」

藍くんの浴衣をつまんだまま、なけなしの勇気と声を振り絞る。

すると、その時だった。ドンッと地鳴りのような音ののち、眩《まぶ》しい光が街を照らし出した。

花火の打ち上げ時間になったらしい。

次から次へと花火が夜空に咲いていく。

大気を震わせる太鼓のような低音が、足の底から体の芯まで響いてくる。

「わー、綺麗！」

「すごーい……」

瑛麻ちゃんや先輩たちが、夜空に打ちあがる花火に夢中になっている。

けれどわたしの意識は、目の前の藍くんだけを見つめている。

花火の音に重なって、藍くんの声がわたしの鼓膜を揺さぶった。

「──その目、やめろよ」

花火を背に、笑顔を消した藍くんの瞳には危険な光が灯っていて。

「どっかにかっさらいたくなるんだよ」

わたしは下唇を噛み、そして答えていた。

「……いいよ。藍くんにならさらわれても構わない」

その刹那《せつな》。

藍くんの手がわたしの腕を掴んだかと思うと、花火とは反対方向にわたしを引っ張った。

人波を掻《か》き分け、藍くんがどんどん進んでいく。

わたしは腕を引かれるまま、その背中を追いかける。

花火に夢中になっている瑛麻ちゃんたちは、だれもこちらに気づかない。

わたしの腕を掴む手に、熱い力がこもっている。

このままどこまでも行きたいと思った。藍くんとなら、どこまでも。

人だかりから外れた公園の前で、ふと藍くんが足を止めた。そしてこちらを振り返る。

静かにかち合う瞳と瞳。

「由瑠、俺……」

まるで縫いつけられたように、動く藍くんの唇から視線を外せない。

けれど、その時だった。

ぽつ、ぽつ、と空から水滴が落ちてきて顔を濡らしたかと思うと、休む間もなく地面にしみを残し始めた。

瞬く間に本降りだ。

突然の雨に、「きゃー！」と遠くから女の人の悲鳴が聞こえる。

「え、雨……⁉」

天気予報でも雨だなんて一言も言っていなかったのに。

もちろん傘なんて持ってきていない。

でもそうしているうちにも、容赦のない雨粒が身体をびしょびしょに濡らしていく。

忌々しそうに空を見上げた藍くんは、小さく舌打ちをしたあとで、わたしを見た。

「行くぞ、雨宿りができるところに」

＊

藍くんがわたしを連れてやって来たのは、近くにあるマンションだった。

なぜかカードキーを持っていた藍くんは、「父親のマンションだから」とだけ言って、迷うことない手つきで最上階の部屋へ向かう。

部屋は、キングベッドが据え置かれたホテルのスイートルームのような空間だった。

無駄なものはなく、シンプルながらとても高級感がある。

晴れていたら街が一望できるだろう大きな窓が、部屋の奥にはめこまれている。

大きな照明はなく、ベッドサイドや部屋の隅に設置された間接照明が部屋をぼんやりと照らしていた。

「とりあえず、雨が落ち着くまでここにいるか」

「うん……」

まさかこんな大雨になってしまうなんて。

これじゃ花火も中止だ。

なにも言わずに花火大会を抜け出してしまったため、瑛麻ちゃんにお詫《わ》びの言葉と藍くんと雨宿りをしている旨《むね》、メッセージを入れておく。

髪は、ここに来るまでにほつれてしまっていた。

せっかく瑛麻ちゃんにセットしてもらったから惜しい気持ちもあったけれど、仕方なく髪をほどく。

濡れた髪が背中に触れた。

「とりあえずシャワー浴びるか」

「え？」

髪をほどいていたわたしは、その声に藍くんを振り返る。

と、そこにいた藍くんの姿に、どきりと心臓が跳ね上がった。

だって、藍くんの色気が大爆発していたんだ。

水の滴《したた》る濡れた髪も、浴衣から覗く鎖骨も、濡れて白い肌に貼りつく浴衣も。

いつもより十倍増しで色気が溢れていて、なんだかいけないものを見ているようで目のやり場に困ってしまう。

「身体、冷えてるんだろ。由瑠が先に入れ」

「え、あ、うんっ……」

思わず見惚れていたわたしは、藍くんの声に我に返り、ぱっと勢いよく視線をそらす。

いけない思いに駆られた自分が恥ずかしい。

よこしまな考えを振り払うようにシャワーを浴びに行こうとした時、ふとネックレスが髪に絡まってしまっていることに気づいた。

胸元で光るのは、瑛麻ちゃんから今年の誕生日プレゼントでもらったもの。

普段は大切に宝箱にしまっているそのネックレスを着けてきたのは、今日が特別な日だから。

瑛麻ちゃんもこのネックレスを着けてきたことに喜んでくれた。

けれど、あまりネックレスを着けたことのないわたしは、絡まったネックレスの外し方に戸惑い手こずる。

どうしよう……。

今、頼れるのは藍くんだけ。

わたしはベッドに座ってスマホをいじっている藍くんにそろそろと近づく。

「藍くん、大変申し訳ないのですが……」

「ん?」

「ネックレスを外してもらえないかな……」

「は?」

藍くんにくるりと背を向けると、長い髪を片側に除け、うなじをあらわにしてネックレスの金具の部分を見せる。

するとため息を吐きながら、背後で藍くんが立ち上がった。

「……あのさ。誘ってんの？　それ」

「さそう……？」

ちんぷんかんぷんでクエスチョンマークを飛ばしたその時。

「襲わないように人が我慢してたのに煽んな」

背後から苛《いら》だたしげな囁きが聞こえたかと思うと、突然うなじに柔らかい感触と熱が落ちてきた。

それが唇だとわかるのには、時間はかからなくて。

「っ、んっ……」

甘い刺激に、漏れてしまう声。

「ずっと思ってたけど、うなじえろいね、由瑠ちゃん」

「なっ、ぁ……」

無防備になったうなじに、唇で下から上へなぞるようにして触れてくる藍くん。

ぞくぞくっと痺れるように疼《うず》く背筋。

「俺に発情してよ、由瑠」

「っ……」

「首筋へのキスの狭間《はざま》に掠れた声がわたしの名を呼ぶだけで、どくんと心臓が重い音をたてる。

言われなくたって、わたしの身体は藍くんに触れられ、とっくに発情していた。

唇が触れた場所から熱が広がっていくように、だんだん身体が火照ってきた。

口から熱い吐息が漏れる。

「はぁ……あつ、い……」

「それ、すげぇそそる」

藍くんは首筋を攻めながら、器用にわたしの浴衣を肩から下ろす。

浴衣だから抵抗もなく簡単に、はらりとはだけてしまう。

はだけて露わになった肩にも、藍くんは顔を埋め、キスを降らせていく。

「浴衣って脱がせやすくていいな」

「や……まっ」

こらえなきゃと思うのに、刺激にびくんっと揺れてしまう身体。

発情のせいで、指の先まで身体全体が敏感になってしまっていた。

藍くんの甘い攻撃は容赦がない。

けれどわたしはされるがまま。

いつだってそう。わたしばっかりどきどきして、さっきだってやきもちやいて余裕なくて……。

「藍くん、ばっかり……ず、ずるいっ……」

身をよじらせ、藍くんの方を振り返ろうとした時。

乱れて緩んだ帯を踏んでしまい、そのままつるっと足を滑らせる。

「あっ」

身体を宙に浮かせたわたしは、こちらに手を伸ばした藍くんごとベッドの上に倒れ込んだ。

「いたた……」

身体を起こして、ふとそこではっと息をのむ。

だってわたしの下に、藍くんがいたのだから。

わたしが藍くんの上に覆いかぶさり、押し倒したような体勢になってしまっている。

慌てて藍くんの上から飛び起きようとしたわたし。

けれどそれより先に藍くんの手がわたしの腕を掴み、動きを制止される。

「由瑠。なんで俺がずるいの」

まっすぐにわたしを見上げ、問いかけてくる藍くん。

うう……。

藍くんにそんなふうに見つめられて、本音を隠すことなんてできない。

「だって……藍くんはいつも余裕だから……」

暴れまわる自分の心臓の音を聞きながら消え入るような声を振り絞ると、藍くんは驚いたように目を見張った。

けれどわたしはというと、急激に込み上げる後悔に襲われて。

わたし、なに言ってるんだろ……。

余裕なんて、そんなの当たり前だよね。

だって藍くんはわたしのフェロモンが暴走しないように、発散させる相手をしてくれているだけなんだから。

ぐるぐる後悔の渦に巻き込まれそうになったわたし。

けれど藍くんは直向《ひたむ》きな瞳でわたしの瞳を貫いたまま、つぶやいた。

「……全然余裕なんかねぇよ」

「え……？」

それは静かな空気に吸い込まれてしまうほどあまりにささやかな声で、拾い取ることができず、わたしは首を傾げる。

すると藍くんの長い指が伸びてきて、ほつれて顔のサイドに落ちた髪が、掬いあげるように耳にかけられる。

「でもそう思うなら、いいよ、由瑠の好きにして」

間接照明に照らされた藍くんの笑みは、綺麗で色っぽくて妖しくて。

そ、そんなこと言われても……。

「あ……あぅ……」

「ほら」

藍くんはわたしの手を掴み、自分の浴衣の中に滑り込ませる。

わたしの右手が、藍くんの素肌に触れてしまう。

「由瑠はどんなふうに俺を満足させてくれんの」

わたしの下で、藍くんはいたずらっぽく笑うけど。

藍くんに触れるなんて、そんなの、そんなの……。

「や、やっぱり無理ぃ……っ」

ぷしゅーっと顔から蒸気が出て、わたしはそのまま藍くんの方に倒れ込んだ。

……どうやらわたしには刺激が強すぎたようで。

やっぱり藍くんにはまだまだ敵いません……。

熱に浮かされた藍くんの本心

――翌週の月曜、予想外のことが起きた。

いつもどおり長い髪を緩く巻き編み込みを作り、教科書の入ったスクールバッグを持ち、ローファーを履く。

今日も、普段と同じような日を過ごすのだと思っていたのに。

わたしが家を出ると、いつもと違う光景がそこに待っていた。

「おっはよ、小鳥ちゃん」

なぜかそこに色付きメガネをかけた見たことのない男の子が立っていたんだ。

肩あたりまでの髪をひとつに結い、今時のイケメンという印象の彼。

おんぼろアパートの背景にあまりに馴染んでいない。

知り合いではない、と思う。

こんなに派手な人なら、さすがのわたしでもきっと忘れないはず。

「あ、あの……？」

「オレは密《ひそか》。藍の、わかりやすく言うとマブダチってとこかな」

「まぶだち……？」

そこで彼がサングラスを外し、わたしは「あ！」と声をあげる。

密さんのことを、わたしは知っていた。

藍くんのクラスメイトで、一緒にいるところを何度か見かけたことがある。

見た目は派手だけど顔立ちは整っていて、よく女子たちの熱い視線の的になっている。

「そ。キミ、由瑠ちゃんだよね」

「どうして名前を……」

「藍から聞いて知ってるよ。甘いの超苦手なあいつにスイーツ食わせた勇者ちゃん！」

藍くんが、わたしのいないところでわたしのことを話してくれている。

そのことに喜々としたのは一瞬。

続けて知らされた思いがけない事実に、意識はすっかりそちらに奪われていた。

「えっ、藍くん、甘いもの苦手なんですか？」

「うん、一口も受け入れないよ。あれ、あいつ言ってなかった？」

「はい、一言もそんなことは……」

「ふーん」

なぜか含みを持たせるようにニヤニヤする密さん。

「基本女の子に興味ない藍が、キミにだけ執着する理由がわかった気がする」

「え？　藍くんって女子に興味ないんですか？」

藍くんって女たらしだと思ってたのに、違うの？

「女の子にしょっちゅう言い寄られてるから勘違いされがちだけど、自分から女子のことを求めたことはないよ」

「え……」

「あんなふうに構うのも、笑いかけるのも、キミだけ。キミだけが特別なんだ」

偽りのないまっすぐな瞳が、そして言葉が、わたしの心を貫く。

思い浮かぶのは、しょうがないなって顔でくしゃりと笑う藍くんの笑顔。

あれは、わたしだけに向けられていた笑顔だったの……？

じんと胸を熱くする、この熱の正体はなんだろう。

「そんなキミにちょっと急用で来てもらいたいところがあってね」

「急用で来てもらいたいところ？」

言われたままを繰り返しながら首を傾げると、密さんがいきなりわたしの手首を掴んだ。

「そ。オレんち」

「……え？」

まさかの返しに驚くも、時すでに遅し。

密さんはわたしの手首を掴んだまま走り出していた。

けれど状況を一切把握できていないわたしは、まさにパニック状態。

「あの、わたしこれから学校で授業がありますし、それにいきなり親密でもない異性の方の家にお邪魔するのはちょっと……っ」

引っ張られながらも、なんとか事情を理解してもらおうと試みるものの、密さんは脇目も振らずに走り続ける。

「悪いけど、今日は小鳥ちゃん、学校サボりね」

「さ、サボり……⁉　もしそうする必要があるなら学校に電話しないと……」

「あはは〜、それサボりって言わないから〜」

びゅんっと風に乗って密さんの突っ込みが返ってくる。

「あ、あの……！　理由だけでも教えてくれませんか……⁉」

「緊急事態なんだよ。とにもかくにもキミの手が必要なの！」

理由になっているような、なっていないような返事に戸惑いつつも、その声音《こわね》からは逼迫感《ひっぱくかん》が感じられて、わたしは腹を括《くく》ることにした。

初対面だし、ただの直感でしかないけれど、わたしに危害を与えるような人ではない気がしたから。

「っていうか、小鳥ちゃんってわたしのことですか⁉」

「いえーす」

「こ、小鳥……」

不思議な密さんワールドに呑まれて、わたしはもうそれ以上深く考えることはやめた。

そして数分ほど走り、辿り着いたのはマンション。

知り合って間もない男の子の住まいになんて本当に足を踏み入れていいのだろうかと、少し戸惑いながらマンションを見上げていると、そんな逡巡《しゅんじゅん》も与えないというように密さんがマンションの中層階あたりを指さす。

「オレんち、あそこの四階だから。ついてきて」

「は、はい……」

いや、でも藍くんの友人である密さんの住まいなら問題ないのだろうか……と首を傾げながら、密さんの後をついてマンションのエントランスに入りエレベーターに乗る。

そしてついに、部屋の前まで来てしまった。

「ちょっと待ってね」

ドキドキしながら部屋の前で立っていると、密さんがドアを開け「おーい、戻ったぞー?」と室内に向かって声を投げながら、わたしを部屋の中へと促す。

だれか家族の人がいるのかな。

だとしてもどうして……？と、ここまで来てもなお密さんの真意は見えないまま。

「し、失礼します……」

ぎゅっとスクールバッグの持ち手を握り直し、おそるおそる部屋の中に足を踏み入れる。

まるで生活感のない部屋の中。突き当たりのリビングに、彼はいた。

「生きてる？　由瑠ちゃん連れてきてやったぞー」

「えっ、藍くん……⁉」

「ゆる……？」

スウェット姿の藍くんが、リビングの端にあるソファーに横たわっていた。

でも、その藍くんの様子が普通じゃない。

顔は赤いし、息が乱れている。呂律《ろれつ》もまわっていない。

わたしの名を呼ぶ声は、まるで平仮名をなぞるよう。

「どうしたの……⁉」

異変に気づいたわたしは、スクールバッグをその場に手放し、思わずソファーに駆け寄る。

「昨日ここで遊んでて、急に体調崩したんだよね。だからそのまま寝かせておいたんだ」

「ちょっと体調崩しただけ。密が大げさなんだよ」

「そんな……」

全然ちょっとなんかじゃない。

だいぶ重症であることは、見ただけでもわかる。

「んじゃオレ、食料の買い出しに出掛けてくるから」

「えっ」

密さんがあまりに軽いトーンで言って、玄関に向かって行ってしまう。

わたしは慌ててその背中を追った。

するとリビングから離れたところで、密さんがこちらを振り返り、こっそり耳打ちしてきた。

「藍についててやって。キッチンとかなんでもいじっていいからさ、あいつ昨日からなにも食べてないから、なんか作ってやってくれないかな。よろしく、小鳥ちゃん」

「あの、」

密さんはいつだって、のらりくらりと追及の手から逃げるように行ってしまう。

気づけば、目の前のドアはバタンと閉められていた。

目まぐるしい展開に追い付けない。

けれど今は藍くんの看病がなにより最優先。

わたしは急いでリビングに駆け戻る。

「藍くん、大丈夫……？」

「へーき。……っていうか、ゆる」

そう言って、うつろな目の上の眉をしかめた藍くん。

「はっ、はい……！」

なにかしでかしたかと思い、ソファーの前に正座をしてお叱りを受ける準備をすると、不意にぺいっと頭を軽く叩かれた。

「おまえ、警戒心なさすぎ」

「え？」

「密について、ほいほいここまで来たんだろ。でもそんな簡単に男の家に入っちゃだめだから」

「あうぅ……。以後気をつけます……」

「学校は?」

「が、学校はサボりだよ」

「は? 俺のことはいいから学校行けよ」

「いいの。わたしがここにいたいから」

きっぱり。背筋を伸ばして言うと、それ以上は無駄だと思ったのか藍くんは口を噤《つぐ》んだ。

持っていたハンカチを濡らして額に載せると、苦しそうに寄っていた眉根から力が抜けて行った。

そして間もなく、耳を澄ませなければ聞こえないほどの、ささやかな寝息が聞こえてきた。

藍くんが寝たのを確認すると、キッチンを使っていいと言う密さんの言葉に甘えて、おかゆを作ることにした。

小さい頃、わたしが熱を出すと、お母さんがおかゆを作ってくれた。

藍くんもこれなら食べられるかもしれないと思ったから。

そしておかゆが出来上がった頃、藍くんが再び目を覚ました。

「ゆる？　なにしてんの？」

「あ、藍くん、起きた？　おかゆ作ったんだけど、食べられそう？」

「ゆるが……？」

「うん。レシピを検索して作ったから、きっと味は大丈夫なはず……！」

するとと藍くんがもぞもぞと身体を起こした。

「……食べる」

弱っている藍くんは、ガードが緩んでいるからか、不謹慎だけどなんだか可愛くて。

わたしは少しお姉さんになった気持ちで、キッチンからおかゆを運ぶ。

そして藍くんのそばに腰を下ろし、膝の上にトレーを置く。

おかゆをれんげで掬い、ふーふーと冷ましてから「どうぞ」と藍くんの口元に差し出した。

「あーんしてくれんの？」

「そ、そうだよ」

「へー、最高かも。このシチュエーション」

「なっ……。さ、冷めちゃうから早く食べて……っ」

藍くんはくすりと笑って、口を開けてぱくりとれんげを頬張る。

すると直後、気だるげだった瞳にわずかながら光が灯る。

「うまい……」

「へへ、本当?」

その後藍くんはおかゆを完食してくれた。

自分の手作り料理を食べてもらう機会なんてないから、うまいと言ってもらえてすごくほっとしたし嬉しくて。

「身体はどう?」

「ましになった」

「ほんと?」

熱を確かめるように、藍くんの額に自分の額を重ねる。

すると、藍くんがはっとしたように目を見開いた。

「なに、して……」

「んー、まだ熱はあるみたい……。そうだ、なにかしてほしいこととかある? わたし、なんでもやるよ!」

意気込みを示すように胸を叩いてみせると、うつろな目に試すような色が滲む。

「ほんとに？　なんでもしてくれんの？」

その熱のこもった声には危険な香りがして、思わず尻込みする。

「な、なんでも……」

すると不意に、熱い手に腕を掴まれた。

「じゃ、ずっとここにいて」

「え？」

「俺が寝るまで、ここにいて」

……本当に、そんなことだけでいいのかな。

弱っている藍くんに、なにかしてあげられることはないのかな。

わからなくて、でもわかりたくて、わたしは藍くんの上体を抱き寄せ、そして自分の膝の上に頭を乗せる。

「なにこれ？」

「膝枕だよ」

「うん、それはわかってんだけど」

わたしの行動が理解できないというような藍くんに、わたしは笑ってみせた。

「ほら、小さい頃とか熱を出すとお母さんにこうされるでしょ?」

ぽんぽんと、あやしつけるように優しく頭を撫でる。

するとその手を掴まれ、ぐいっと引き寄せられる。

顔がすぐそこまで迫り、けれどその腕の力は緩んで、またわたしの腿《もも》に頭を下ろす。

「あーあ。熱なきゃ無理やりにでも襲ってたのに」

「なっ」

その時。あることが思い浮かび、わたしは小さく下唇を噛みしめた。

だって、その〝あること〟が、少し勇気の要ることだから。でも――。

わたしは垂れるサイドの髪を耳にかけると、上体を倒して藍くんの額にキスを落とした。

きっと今、真っ赤な顔をしているから見ないでほしい。

けれど、そんなことはこの状況では不可能なわけで、わたしは小さく震える声を振り絞った。

「……代わりにおまじない。体調が早くよくなりますように」

　すると藍くんは突飛《とっぴ》な行動に驚いたように目を見張り、それからわたしの頬に手をそっとあてがい、

「──なんでそんなにまっしろなの、ゆる。身も心もまっさらすぎて、汚すのが怖くなる」

　一言なにかを呟《つぶや》いた。

　あまりに微《かす》かなその声を咄嗟に拾い上げることができず、わたしは「え？」と聞き返す。

　けれど、藍くんはわたしの頬から手を離し、同じことを繰り返してはくれなかった。

　それどころか。

「……もう一回」

「も、もう一回っ？」

　藍くんの目はおもちゃでも見つけたみたいに弧を描き、わたしに意地悪を言う。

「だから、おまじない。もう一回してくれたら全快する気がするんだけど」

　そんなの無理だ。

　だってさっきの一回で、ノミのように小さなわたしの心臓はもう破裂寸前なのだ

から。

「も、もう一回は無理、限界……！」

「ぴょーにんが頼んでるのに？」

「こっちが倒れそうだよ……っ！」

顔を両手で覆った時、ふとわたしの右手が剥がされた。

「ゆる、怪我してる……」

藍くんが剥がした右手を見れば、人さし指の先から出血しているのに気づいた。

きっとさっき薬味を切っている時に、包丁で切ってしまったのだろう。

「あ、ほんとだ。でもだいじょ……」

不意に自分の声が途切れた。

わたしの人さし指を、藍くんが赤い舌先でつーっと舐めたからだ。

「ひゃっ」

自分のものとは思えないほど高い声が漏れた。

藍くんは舌を這わせ、指の輪郭をなぞっていく。

「あ、いくん、まって……」

藍くんは熱のこもったぼんやりとした瞳で、口の中に指を含んだ。

ちゅっと吸ったり、ゆっくり舌で舐めたり。

熱のせいかひどく熱い口内に指が飲み込まれ、されるがままにもてあそばれる。

敏感に快感を拾い上げ、わたしの身体が熱をもったように疼き始める。

まずい、身体が発情してる。

指先から脳の芯までびりびりと刺激が走って痺れ、とろけそうになる。

「ぅ、やぁ……」

甘ったるい声が抑えられない。

これ以上は、ほんとにだめ……。そう思ったその時。

視界がぐるんと回って、気づけば背中にソファーの柔らかい感触が。

わたしの両手は、藍くんの手によってソファーに縫いつけられていて。

真上に覆いかぶさってきた藍くんは、熱っぽくどこかぼーっとした眼差しでわたしを見下ろしていた。

「そんな可愛い声出されると欲情しそうになる。もっと俺を感じてよ、ゆる」

「な、っぁ……」

どくんと重い音をたてて、心臓が危険を知らせる。

熱のせいか、藍くんの理性が壊れかけている。

身を捩《よじ》ろうにも、強い力で腕を押さえられ、逃げられない。

「もう……か、感じて、る……っぁ」

降参するように、切れ切れの呼吸の狭間で声を絞り出す。

すると不意に藍くんがわたしの肩に顔を埋めてきた。

そして熱のこもった吐息と共に、掠れた声を吐き出す。

「でもそれは、本能でしかないんだろ……。あいつに触れられればお前の身体は同じように反応するんだ……」

「え……？　あいつって誰……？」

思いがけない言葉に、わたしは困惑する。

それにそんな突き放すようなこと言わないで……。

これは〝特別体質〟で発情しているからなんかじゃない。……きっと。

すると藍くんが今度は首元に顔を埋めてきた。

彼の熱い吐息が首元を撫で、ぞく、とした感覚が背中を走った直後、ぴりっと電流が走ったような疼きが首筋を襲った。

まるで毒針に刺されたような痛みに、「ひゃ……」と思わず変な声をあげてしまう。

そしてまた襲いくるであろう甘い刺激を予感し、ぎゅっと目をつむったその時。

不意に藍くんがわたしの横に倒れ込み、そして直後、微かな寝息が聞こえてきた。

「へ……？」

藍くんの顔を覗き込めば、まぶたは閉じられている。

もしかして、寝た……？

突然の展開に驚きつつも、私はソファーの上で思わず脱力した。

間一髪のところで助かった……。

だってあのままだったら、きっとわたしは流されていたはずだから。

わたしは身を捩り、藍くんに身体ごと向き直った。

きっと力尽きて寝てしまったんだ。

さっきまではわたしに心配をかけまいと軽いトーンで振る舞っていてくれたけど、身体はしんどかったはず。

でも、なんであんなことを言ったのかな……。

自分から突き放したくせに、どうして傷ついたような顔をしていたの？

なぜかわからないけど、大きななにかを見逃してしまっているような気がして……。

そしてわたしは、藍くんに言われて初めて自分の心に気づいてしまった。

わたしは藍くんに触れられるたび、どきどきしているんだって。

じゃあ、わたしはどうして藍くんにどきどきしているのだろう。

——わからない。

だけど本能のせいだと、だれでもいいのだと決めつけられたのが悲しかったしショックだった。

ぐるぐるとわからないことばかり。

でも今は、藍くんが早くよくなること、それが一番大事。

「藍くん。わたしはここにいるからね」

優しくそっと何度も頭を撫でる。

すると徐々に眉間の皺はなくなっていき、穏やかな寝顔へと変わっていった。

運命の番は藍くん？それとも

「えっ⁉　ゆるるん、首筋のそれ、なに⁉」

瑛麻ちゃんが驚きに染まった声をあげたのは、翌日の休み時間のこと。

わたしの机で、昨日観たドラマについて話していた時だった。

何気なくわたしの首筋に視線をやった瑛麻ちゃんの目が釘付《くぎづ》けになっている。

「首筋……？」

瑛麻ちゃんが指していることがなんなのかわからなくて、わたしは首を傾げる。

「そこ、だれかになにかされた？」

首筋、と言われて思い当たる節はひとつしかない。

昨日、藍くんに攻め立てられたところだ。

「藍くんに……」

「キスマークっていうのはね、独占欲のあらわれっていうか。こいつは自分のものっ

瑛麻ちゃんの感情がくるくる変わって忙しい。

「なっ、キスマーク知らないのか～！　そんなゆるるんも可愛いけど！」

「キスマーク……って、なに？」

「キスマークだよ！」

「なにこれ……？」

こんなものができていたなんて、髪に隠れていたせいかまったく気づかなかった。

見れば、鏡にはわたしの首筋が映り、そこに赤い痕《あと》のようなものが浮き出ていた。

トミラーを取り出してわたしに向けてくる。

焦ったように言うと、瑛麻ちゃんがポケットを探り、手のひらサイズのコンパク

「ちょっと、襲われちゃってるじゃん！　ほら！」

それは一気に昨日の記憶がよみがえってきたせい。

言いながら、ぷしゅーっと顔が赤くなる。

「キス、されたり……」

「藍先輩に⁉」

ていう印みたいなもの」

独占欲……？

これを藍くんがつけたとすると、わたしに対して独占欲を……？

「でもそんなところに……。藍先輩ってなににも執着しなそうに見えるのに、ゆるるんだけは特別なんだね」

瑛麻ちゃんがぶつぶつとなにか呟いているけれど、わたしの頭の中はぐるぐるしていた。

だって、意味がわからない。

藍くんが独占欲なんて、なんで？

いくら赤い痕をさすってみても、答えは見えてこなかった。

＊

数学の授業が終わって、昼休みがやってきた。

わたしは購買部から教室へ戻る廊下を、逸《はや》る足取りで歩いていた。

腕の中に大切に抱えているのは、買ってきたばかりの焼肉弁当。

今にもスキップしたい気持ちをこらえているのは、あくまで焼肉弁当のため。少しでもこの焼肉弁当を揺らさないためだ。

五五〇円もするこの豪華《ごうか》な焼肉弁当をどうして抱えているかといえば、昨日のバイトで臨時収入があったから。

いつも頑張っているからと、ささやかなボーナスが出たんだ。

そしてわたしはずっと手の届かない夢であった購買部の焼肉弁当を、ついにゲットした。

ああ、早く食べたい……！　絶対ほっぺた落ちちゃうよ……！

浮き足立ちながら、瑛麻ちゃんが待つ教室へ向かう。

そして階段を上がり、教室のある二階の廊下を歩いていた、その時。

「あ、やばい。お弁当忘れた……！」

突然、前を歩いていた男子の集団の方から、そんな声が聞こえてきた。

焼肉弁当から何気なく顔を上げれば、体育終わりらしく体育着に身を包んだ男子ひとりが慌てたように立ち止まったところで。

「まじかよ。やらかしたな」

「食堂行くしかねぇな。午後の授業間に合うか？」

「うん……しょうがないね。食堂行ってくる」

その瞬間、目の前の男子の横顔が見えて、わたしはあまりの衝撃に失神しそうになった。

なにを隠そう、振り返ったのがわたしの推しである、神崎くんだったのだから。

お、推しがお腹を空かせてる……⁉

わたしの視線はといえば腕の中の焼肉弁当に向かっていた。

こんなタイミングで、困っている人を目の前に、わたしはお弁当を抱えている。

こんなのお節介かもしれない……。でもお腹を空かせているのに放っておくなんて……っ。

心の中で何秒かの間葛藤《かっとう》し、やがて後者が勝った。

このお弁当が、推しの役に立つのなら……！

「あっ、あの、もしよかったら、このお弁当あげます……っ」

緊張のあまり、口から出たのは上擦った声。

どうしよう……！　推しに話しかけてしまった……！

「え？」

こちらを振り返った神崎くんの瞳にわたしが映っていることに気づき、一瞬で後悔が込み上げてくる。

見ず知らずの他人からお弁当を分けるなんて言われても、やっぱり迷惑だったかもしれない。

「す、すいません、差し出がましいこと言って……！　忘れてください……っ」

顔から火が出そう。穴があったら入りたい……！

ぺこりと頭を下げてこの場から一目散に逃げ出そうとした、けれど。

「待って」

その場から立ち去ることができなかったのは、腕を掴まれたせい。

はっとして顔を上げれば、神崎くんがわたしを見つめていて。

そして彼は「ごめん、先行ってて」と友人たちに言うと、再びわたしに向き直った。

「えっと、君は……」

彼が首を傾げたのに合わせ、さらさらな茶髪が揺れる。

「中町、由瑠です」

「中町さんか。俺は神崎朔。声かけてくれてありがとう」

明るい髪の下で、大きな目が弧を描いた。

一切の淀《よど》みを知らない夜空のような瞳は、どこまでも深く澄んで、吸い込まれそうになる。

「神崎、くん……」

知ってますとは口が裂けても言えない。

誕生日や血液型、身長まで知ってます、なんて。

「びっくりしたよ。まさか急にお弁当を分けてくれる、なんて」

さっきのことを思い出したように、くすくすと笑う神崎くん。

「ご、ごめんね、急に……」

「優しいんだね、中町さんは」

う……っ。

推しの笑顔を間近で浴び、わたしは昇天《しょうてん》しそうになる。

推しと話しているなんて信じられない。

わたし、今日が命日かもしれません……。

「ここ、俺の秘密基地みたいな場所なんだ。いいでしょ」

そう言って神崎くんがわたしを連れてきたのは、校舎の裏庭だった。

裏庭には一脚のベンチが置いてあるだけだけど、人も訪れないし快適に過ごせそう。まさに秘密基地にはぴったり。

「ここに女子連れてきたの、中町さんが初めて」

「え……いいの？　わたしなんかが初めてで」

「当たり前だよ。中町さんはトクベツだからね」

さらりと、どきっとするようなことを口にする神崎くん。

フレンドリーに距離を縮められ、緊張が解けていく。

ああ……まるで現世に降り立った天使さまみたい……。

「さ、座って」

促されてベンチに座ると、神崎くんもその隣に腰を下ろした。

それからわたしはお弁当を広げ、神崎くんに差し出した。

「どうぞ！」

「悪いな……。ごめんね、大事なお弁当なのに。本当にいいの？」

「もちろん……！　わたしはもう食べたし、神崎くんに食べてもらえたら嬉しいよ」

「じゃあ、お言葉に甘えて」

神崎くんはお弁当箱に入っていた割り箸でご飯をつまんだ。

そしてぱくっとそれを口に運ぶと、直後目を輝かせる。

「うまっ」

「本当？　へへ……、よかった」

おいしそうにお弁当を頬張る神崎くんを見ていると、なんだか胸がいっぱいになる。

こんなにおいしく食べてもらえて、お弁当もきっと喜んでいるはず。

推しがご飯を食べている姿、尊いなぁ……。

じん……とその光景を噛みしめていた、その時だった。

——ぐうぅぅ。

わたしたちの間の空気に割り入るように、豪快な音が鳴り響いた。

それはもちろん、わたしのお腹から。

一瞬固まり、直後全身から血の気が引いていくのを感じた。

うそだ、うそでしょ……。

わたし、もしかして神崎くんの前でお腹を鳴らした……?

「あの、えっと、これは」

「もしかして……これ、中町さんが食べるはずだった……?」

とてつもなく恥ずかしいうえに、そのことまでバレてしまった。

なにも気にせずお弁当を食べてもらいたかったのに。

これじゃあなにもかも台無しだ。

自分の失態に、思わずうつむいた時。優しい声が降ってきた。

「それなのに俺にくれたんだね。君は本当に優しいんだな」

「神崎くん……」

「ごめんねって言いたいけど……中町さんの優しさに、ありがとうって言うべきだよね」

顔を上げれば、そこには思わず見惚れてしまうくらい清らかな笑顔を浮かべた神崎くんがいた。

「俺が言うのも変な話だけど、このお弁当は半分に分けよう。それからあとで、このお礼をさせてほしい。いいかな」

どこまでもわたしに寄り添ってくれる神崎くんの優しさに、涙が出そうになる。

そうだ、わたしはこういうところに惹かれて、神崎くんを推すようになったんだった。

──あれは高校一年生の時。

この高校には、お悩み相談BOXというものが生徒会室前に設置されている。悩みを書いて箱に入れると、後日生徒会役員が返事を書いて、返信BOXの中に入れてくれるというもの。

その頃、わたしはおじさんとおばさんの家で息苦しい生活を送っていた。まるで透明人間のように扱われ、ひっそりと息を殺す日々。

だれもおかえりなんて言ってくれない。だれもわたしのことなんて愛してくれない。

そう思うと、なにをしていたってだれといたって、心の中に冷たい風が吹きすさんだ。

けれどこんな重い相談を、瑛麻ちゃんや担任の先生にはできなくて、匿名で投稿できるお悩み相談ＢＯＸを頼ったんだ。

だれでもいい。だれかにこの孤独を理解してほしかった。

『私は母に捨てられ、親戚の家に引き取られましたが、毎日寂しくてたまりません。心までもがどんどん孤独になっていくようです。このまま私は空っぽな人間になってしまうのでしょうか』

その投稿に返信がきたのは、一週間後のことだった。

正直返信は期待していなかった。

古く壊れかけた箱は、背景と同化してみんなに忘れ去られ、もう機能していないと思っていたから。

だからダメ元で返信ＢＯＸを確認して、返信が入っていたのを見つけた時はひどく驚いた。

一言用の小さな紙には、綺麗な字がびっしりと埋まっていた。

『お悩み相談を投稿してくれてありがとうございました。俺には理解したくても到底理解できない、つらい現実と闘《たたか》っているのですね。孤独を知っている人は、その痛みがわかるからこそ人に優しくできる。強くなれる。あなたの豊かな心は決して孤独ではありません。　一年　神崎朔』

……ぽたぽた、と紙に上に涙のしずくが落ちた。

涙を流しながら、馬鹿みたいに何度も何度もその文字を読み返した。

宙ぶらりんだったわたしの心を、そこに並んだ字が繋ぎ止めてくれた。

どんなに頑張って踏ん張っていたって、わたしを認めてくれる人なんていなかったから。

『ありがとう、神崎くん……』

当時は顔も知らなかった相手に向かって、わたしはそう呟いた。

その日からだ。わたしが神崎くんを推すようになったのは。

きっかけもすべて、神崎くんの優しさからだった。

「えへへ……。じゃあ一緒に食べよっか、お弁当。それからお礼も、ありがたく受け取らせてもらいます」

神崎くんの善意を遠慮するのは無粋《ぶすい》だと思った。

すると、神崎くんが嬉しそうににっこり微笑む。

「じゃあ、約束ね」

小指を差し出してくる神崎くん。

指切りをするなんて、いつ以来だろう。

もしかしたら、小さな頃にお母さんとして以来かもしれない。

わたしは差し出された小指に、そっと自分の小指を絡めた。

「うん、約束」

いつか、わたしを孤独から救い出してくれたあの日のお礼ができますように。

願うのは藍くんの幸せだけだから

「ひゃああ……、ほっぺた落ちそう……」

ルビー色のいちごがずらりと並び、生クリームの純白を彩っている。

顔の二倍はある巨大なパックに入ったショートケーキを頬張り、わたしは頬を押さえた。

「ふふ、中町さんはおいしそうに食べるね」

そして隣に座るのは神崎くん。

「そ、そうかな……」

大きな口を開けてまた一口ケーキを頬張ろうとしていたわたしは、咄嗟にその手を下ろした。

そんなにがっついてしまっていただろうか。

推しの前で恥ずかしい……！

昼休み、わたしと神崎くんは校舎裏の秘密基地にいた。

先日神崎くんが言ったわたしへのお礼とは、おいしいものを奢《おご》るというものだった。

なにをご馳走するかは秘密と言って神崎くんが持ってきてくれたのが、この巨大なショートケーキだったというわけで。

大きなショートケーキといえば丸いものしか知らなかったわたしは、長方形のパックに詰まったこのショートケーキを見た時、その規格外さに度肝を抜かれた。

いつかお腹いっぱいになるまでケーキを食べるのが、ずっと密かな夢だった。

その夢が、まさか叶《かな》う日が来るなんて。しかも推しと一緒に。

「こんなにおいしいケーキを食べれる日が来るなんて。本当にありがとう……」

「どういたしまして。でも元はといえば、中町さんが俺にお弁当をくれたからだし。こちらこそありがとう」

お辞儀をし合ったわたしたちは、顔を上げて同時にふふっと吹き出す。

ゆったりとした心穏やかな時間が流れ、わたしは幸せを噛みしめる。

少し前までは、推しである神崎くんとこうして同じ時間を共有するなんて夢にも思っていなかった。

お弁当を口に運びながら、神崎くんはわたしを見守る目を細めた。

「中町さんは甘いものが好きなんだね」

「うん、大好きなの……！」

「自分でも作ったりするの？」

「自分では作らないかな。でもこの前、調理実習でカップケーキを作ったよ」

「へえ。おいしかった？」

「えっと、実は自分では食べてないの」

あの日のことを思いだす。

本当は神崎くんにあげるつもりで作ったけど、神崎くんが甘いものを食べないことを思いだして、それから。

「ある人にね、あげたの。すごく嬉しそうに受け取ってくれたんだけど、その人は甘いものが苦手だったんだって」

あの日のことを思うと嬉しくて、でも藍くんの不器用な優しさが心に沁みて胸が苦しくなる。

そうやって藍くんのことを考えていると、神崎くんが食べ終えたお弁当箱を膝の上に置き、静かに語りかけた。

「優しさが似てるね、中町さんとその人は。自分を犠牲《ぎせい》にして、相手のためだけを思う気持ちが」

それから神崎くんはわたしの顔を覗き込み、そして思いがけない言葉を口にした。

「それってもしかしてだけど、三年の千茅先輩のことだよね？」

藍くんと面識なんてないはずの神崎くんがあまりにもあっさりと正解を導いたことに、驚かずにはいられなかった。

「どうしてそれを……」

神崎くんはすべてを達観したように目を伏せ、くすりと小さく微笑んだ。

「実はね、今日の朝、俺の教室に千茅先輩が来たんだ」

「え？　藍くんが？」

「千茅先輩、俺を呼び出して言ったんだ。『由瑠のことを傷つけたりしたら絶対にお前を許さない』って」

「え……」

「突然だったからびっくりしちゃった。もしかして俺のこと、ライバルだと思ったのかな。でも、中町さんがすごく大切に想われてるんだってわかった」

なにそれ……。そんなの聞いてない……。

知られざる藍くんの行動に、胸がきゅーっと真綿《まわた》で締めつけられているように苦しくなって、わたしは下唇を噛みしめた。

すると神崎くんが、色素の薄い瞳でわたしを見つめてきた。まるで心の奥を覗き込むように、まっすぐと。

そして、いつもどおりの物腰柔らかなトーンで問いかけた。

「中町さんは、千茅先輩のことが好きなの？」

「えっ？　そんな、好きなんて……っ」

あまりに直球な質問に、わたしはたじろがずにはいられなかった。

だって、そんなこと考えたこともなかった。

動揺するわたしに、神崎くんは柔らかな調子を保ったまま、けれど語りかけることをやめようとはしなかった。

「でも千茅先輩のことを話す中町さんの瞳、すごく愛おしそうだったよ。君は、千茅先輩のことを自分のことより大切に思っているんじゃないかな」

神崎くんが、こんがらがった糸を解いていくように、優しく問いかけてくる。

静かに、だけど確かに核心をつく神崎くんの言葉に、わたしは自分の心を手探りしながら頷いていた。

「……それは……うん……」

喉の奥から振り絞った声は、なぜか掠れていた。

……そうだ。気づいたら、なにより大切な存在になっていた。

いつもわたしに意地悪してくる藍くん。

でもそこに潜んだ温もりに触れるたび、藍くんの不器用な優しさに包まれるたび、藍くんが愛おしくなった。

すると神崎くんが優しく微笑んだ。

「もう気づいてるんじゃないかな、自分の気持ちに」

──答えが見えた気がした。

わたし、ばかでのろまだから、こんな大切なことにも気づかなかった。

ずっと不明瞭《ふめいりょう》で正体不明だった感情に名前がついて、ようやくそれを飲み込むことができた。

その瞬間、見慣れた世界が一気に色づいて見えた。

「ありがとう、神崎くん」

お礼を告げれば、わたしの推しは「いいえ」と言って、わたしよりも嬉しそうに笑った。


名前がついたばかりの感情。

でもいつの間にか自分では抱えきれないほど膨《ふく》らんでいた感情。

大切な想いを抱きしめて、わたしはグラウンドを駆けていた。ただひとり、藍くんの元に向かって。

今すぐ藍くんにこの想いを伝えたかった。

返事を期待しているわけじゃない。

それでも、貴方に出会えてこんなにも幸せなんだよって伝えたかった。

そうして逸る足で、校舎の一階に辿り着いた時。

昼休みということで生徒が行き交っているのは当然の光景だけど、あたりが妙にざわざわと騒がしいことに気がついた。

大勢の女子たちが、神妙そうな顔つきで保健室の方を見つめている。

なにかあったのかな……。

なんとなく気になりながらも、女子たちの間を通り過ぎようとした時。

「藍、大丈夫かな……」

「まさか急に倒れちゃうなんて……」

耳が拾ったその言葉に、わたしは思わず足を止めていた。

え……藍くんが倒れた……？

「藍になにかあったらどうしよう……」

泣いている女子の声が聞こえて、背筋に氷水を流し込まれたように身体中から血の気が引いていく。

足元が崩れていくような感覚に陥る。視界がぐにゃりと歪《ゆが》む。

うそ……、やだ、やだ。

藍くんになにかあったらなんて、そんなの……っ。

考えるより先に足が動き、踵《きびす》を返した足は、まっすぐ保健室に向かっていた。

保健室前までやってくると、廊下はすでに藍くんの様子を見に来た女子たちで溢れていた。

「落ち着いて、ほら、教室に戻りなさい」

くろちゃん先生と呼ばれ親しまれている養護教諭の黒子《くろこ》先生が、生徒たちに退散するように促している。

けれど女子たちはその場から立ち去る気配はない。

先生には迷惑だとわかっているけれど、わたしもじっとしていることなんてできなかった。

人波を掻き分け黒子先生の元に駆け寄る。

「あの、藍くんになにがあったんですか……！」

不安で胸が今にも張り裂けそうで。

震える声を張り上げ黒子先生にそう問えば、黒子先生はショートカットの髪を耳にかけながら忙しそうに答える。

「詳しいことは言えないの。ごめんなさいね。でも大丈夫だから教室に戻って」

そう言って先生は、わたしを教室に返そうとする。

するとその時だった。

「待って、くろちゃん」

突然黒子先生の背後のドアが開き、黒子先生を呼び止める声が聞こえてきた。

保健室から出てきたその人は。

「密さん……」

突然現れた密さんに、まわりから小さな黄色い悲鳴があがる。

密さんは、いつになく真剣な瞳で黒子先生に掛け合う。

「この子は藍にとって特別な子なんだ。保健室に入れてあげてくれないかな」

「そうなの……？」

黒子先生の声色から、意思が揺らぐのを感じた。

わたしはさらに深く頭を下げる。

「お願いします……っ」

すると数秒の逡巡するような間ののち、ため息と共に声が降ってきた。

「仕方ないわね……」

わたしは泣きそうになりながら、再び頭を下げる。

「ありがとうございます……！」

すると密さんがこちらにやってきて、わたしの背中に手を添えた。

「ありがとね、くろちゃん。さ、こっちへ」

「はい……」

密さんに促され、わたしは保健室の中に足を踏み入れた。

つんとした薬剤の香りが鼻をつく。

密さんがドアを閉めると、ぱたりと音がやんだ。

喧騒《けんそう》から隔《へだ》たれた白い室内の中、奥のベッドのまわりをカーテンが覆っていた。

そちらへと歩み寄りながら、密さんは沈痛な色を瞳に滲ませわたしを見下ろす。

「ありがとね、来てくれて。でも藍、まだ目を覚まさないんだ」

「そんな……。藍くんになにがあったんですか……？」

密さんが静かに白いカーテンを開けた。

そこには、ベッドに横たわり眠る藍くんがいた。

顔からは血の気が失《う》せ、静かな空間なのに寝息さえも聞こえない。

「藍くん……」

藍くんの体調が芳《かんば》しくないことは一目瞭然《いちもくりょうぜん》だった。

胸がきゅううっと締めつけられ、うまく息を吸えなくなる。

藍くんを見下ろしながら、密さんがさっきの続きを小さな声で繋げた。

「体育の時間、バスケしてたら倒れちゃって。多分相当無理してたんだと思う」

「どうして……」

掠れた声でそう呻《うめ》くと、密さんは伏せた睫毛をさらに深く伏せる。

「これをキミに話していいか、オレもわかんないんだ。……キミには少し酷《こく》な話だから」

え……？

密さんの言う、その言葉の意図がうまくわからなかった。

けれど多分とても重要なことなんだと、直感的にそう思った。

「教えてください、お願いします」

真摯《しんし》な決意を声に乗せる。

たとえ心が傷ついたとしても、聞かなければいけない気がした。

するとと密さんが覚悟を決めたように小さく頷き、藍くんを見つめたまま口を開いた。

「実はね、藍が倒れたのは、強すぎる抗フェロモン剤を服用してたからだろうって、くろちゃんが」

「……え……」

一瞬、密さんの放った言葉の意味を、頭が理解するのに時間がかかった。

そして数秒後、理解が追いついた途端、ある予感にぞくりと背筋が凍りついた。

抗フェロモン剤とは、まわりが放つフェロモンに耐性をつけるための薬だ。

これを服用することで、フェロモンによって理性を失うことを抑制する。

でもそうだとすると、藍くんが強すぎる抗フェロモンを飲んでいたのは、フェロモンが不安定なわたしのせい……？

目の前が真っ暗になっていくのを感じた。

鼓動が嫌な音をたてて早鐘《はやがね》を打つ。

「オレも知ってたんだ。藍が最近、副作用の強い抗フェロモン剤を飲んでたのは」

ぽつりぽつりと落とされていく密さんの声に、やりきれなさが滲む。

「身体によくないって止めたんだ。そのせいでこの前も体調崩したし……。でも藍は、発情した由瑠ちゃんのこと傷つけたくないからって。フェロモンで理性を失って由瑠ちゃんの首を噛まないように、って言ってた。もし自分が由瑠ちゃんの首を噛んだら、由瑠ちゃんが心から好きな運命の相手と番になれなくなるから……」

そこで、密さんが顔を上げてわたしを見た。

その顔には苦笑が浮かんでいて。

「藍はね、本当に不器用なヤツだけど、いつだってキミのことしか考えてなかったよ」

「……っ」

涙の気配で喉が詰まる。

わたしは涙の厚い膜で覆われればやけた視界で、眠る藍くんを見つめた。

……ねぇ、知らなかったよ。自分の身体を犠牲にして、藍くんがわたしを守ってくれていたこと。

そうだ、たしかにそうだった。

発情中、嫌なことや傷つけられるようなこと、一度もされたことがなかった。

でもね、わたしにとっての運命の番は藍くんだったんだよ。

「……密さん、藍くんのこと、これからもよろしくお願いします……」

「え？　由瑠ちゃん？」

わたしがそばにいることで、藍くんの身体を苦しめていた。

きっと、近くにいたら、藍くんはまた無理をしてしまうんだろう。

それなら、今のわたしにできることはひとつしかなかった。

わたしは屈み、眠る藍くんの頬にそっと手を添えた。

藍くんに触れた刹那、もう我慢ができなくなって、瞳から大粒の涙がこぼれる。

……ああ、わたし、こんなに藍くんのこと好きだったんだなあ。

愛おしい人。愛おしいからこそ、藍くんには幸せでいてほしい。

「ごめんね、藍くん。もう大丈夫だからね。今までありがとう。好きだったよ、すごく好きだったよ」

涙で濡れた声を、そっと紡《つむ》ぐ。

――さぁ、この恋心には透明な硝子《ガラス》の蓋を閉めるのだ。

*藍side——

愛とか運命とか、これっぽっちも信じていなかった。

それなのに、温かい君の心が、凍《い》てついた俺の心を溶かしてしまったのだ。

厳格な家庭で育ち、両親は仕事ばかりで幼少期からろくな愛情を受けてこなかった俺は、その反動で見事にグレた。

愛されたくて、けどそんな弱さを見せる勇気もなくて。

そして中二の時、俺は付き合っていた副担任に捨てられた。

『愛してる。私たちは運命で結ばれているのよ』

そう語っていたのに、ゴミを捨てるよりもあっさり残酷に。

今になって思えば彼女に抱き求めていたのは恋愛感情なんかではなく、受けることのなかった母性愛だったのだと思う。

だけどそんなことにも気づかないほど幼かった俺は、心を許していた大人に裏切られた怒りと虚無感で、さらにまわりに壁を作るようになった。

大人に反抗するように、仲間たちといくつもの悪いことを重ねた。

そうやって、自分がこの社会に存在していることを実感していたかった。

けど、そんな時。高二の春、桜の木の下で俺は由瑠に出会った。

『あ、ピアス落とした』

休みの日。

仲間たちと並木道を歩いていた俺は、ふと右耳のピアスがなくなっていることに気づいた。

家を出る時に間違いなくピアスを着けたのを覚えているから、どこかで落としたに違いない。

緩んできていたから、ふとした拍子に落ちてしまったのだろう。

『あー、あのいつも着けてるピアス？　藍ちゃんのお気に入り』

『そんなんじゃねぇわ』

仲間のうちのひとりがからかってきたが、正直手放せないでいるのは間違いではなかった。

あれは、高校の入学祝いに両親から贈られたものだった。

『ちょっと探してくるわ』
『おー』
そう断って、俺は来た道を戻る。
家を出て歩いてきた道を戻りながら、視線を巡らす。
けれどアスファルトを映す視界に、きらりと光るものはない。
十分ほど探して、ふと我に返る。
どこで落としたのかもわからない。それを探し出すのなんて、無謀にもほどがある。
ま、自分でまた買えばいいか。ピアスなんてそこら中に掃いて捨てるほどあるのだし。
たったひとつに執着するなんて馬鹿らしい。
そう見切りをつけて、仲間の元に戻ろうとした時。
『あの、千茅藍先輩ですよね……？　なにか探してるんですか？』
細い声が俺を呼び止めた。
振り返れば、小柄な女の子が立っていた。

目が大きくて、あどけない女の子――それが、由瑠との出会いだった。

不良を絵に描いたような出で立ちの俺に、彼女は怯《おび》えを隠しきれていない。

きっと勇気を振り絞って俺に声をかけてきたのだろうということは、目に見えてわかった。

『えと、ピアス……落として』

『どういうピアスですか？』

『フープピアス、だけど』

『わたしも探します』

思いがけない提案に、俺は驚く。

俺のことを怖がっているだろうに、どうしてそんなこと。

『別にもういいから。そんな特別なものでもないし』

『でも……』

『じゃ』

それだけ言って、踵を返す。

その時は親切な子、それだけの印象で、正反対の人生がこれから交じり合うことなんてないと思ってた。それなのに。

『そろそろ帰るか』

『だなー』

だらだらといつものゲーセンで時間を過ごし、夕方になった頃、俺たちは解散することになった。

そして家に帰る途中、街路樹《がいろじゅ》のそばでうずくまる人影を見つけた。

なにをしてるんだ？と不審に思ったその時、人影がいきなり起き上がり『あった！』と声をあげる。

それは昼間会った彼女だった。

顔を上げた拍子に数メートル先に立つ俺を見つけた彼女は、土や葉で汚れた顔で嬉しそうに笑った。

『見つけました……！』

『え？』

その手には、たしかに俺が着けていたピアスが握られていて。

立ち尽くす俺の元に、彼女が駆け寄ってくる。

『なくしたもの、これですよね……⁉』
『なんで……』
『おせっかいだったらごめんなさい。でも、大切なもののように思えたから……』
あれから三時間以上も経っている。
ずっと探していたっていうのか……？
見ず知らずの俺なんかのために？
けれど、手の中に帰ってきたピアスを見て、ひどく安心している自分がいた。
要らないとけりをつけたはずなのに、大事なものだと彼女は見透かしていた。
……そうか。俺はまだ心のどこかで、両親との繋がりを求めていたんだ……。
『……ありが、とう』
『えへへ、よかったぁ』
そう言って笑ってくる由瑠の笑顔は、目にしみるほど眩しくて。
今でも心の一番柔いところで、あの時の笑顔が輝いている。
由瑠が俺に笑顔を向けてくれたあの日から、俺の人生は再び動き出したようなものだ。

そう、俺は笑ってしまうほどあっけなく、由瑠に初めての恋をした。

高校が同じだったこともあり一緒にいる時間が増えるたび、屈託《くったく》ない笑顔を向けてくる由瑠が、感情豊かにいろいろな話をしてくれる由瑠が、自分の中でますます大切な存在になっていった。

好き、という気持ちは、愛おしいという気持ちに変わった。

愛おしいという感情は、由瑠が俺にくれた。

——けれど、高二のある冬の日。

由瑠から、大切な人ができたと告げられた。

忘れもしない。天気雨が降る高校からの帰り道、歩道橋の上で頬を赤らめた由瑠にそう告げられ、俺は突然失恋したのだ。

俺は生まれて初めての激しい嫉妬と絶望に駆られた。

その時の俺は自制心を失っていたのだと思う。

『……え……？』

傘を放り投げると、強引に由瑠の唇を奪っていた。

唇を離した刹那、視界いっぱいに映ったのは、瞳の水面を揺らめかせ困惑の表情を浮かべた由瑠だった。

あ……。今、俺、多分とんでもないことした……。

頭の半分がひどく冷静になって、もう一方の頭半分が動揺したままで。

勝手に口が動いていたのだ。

『……彼女と間違えた。でも別にいいだろ、減るもんじゃないんだし』

すぐに頬に激しいビンタをくらい、はっと我にかえれば、軽蔑《けいべつ》と恐怖の目で俺を見る由瑠がいた。

『初めてのキスだったのに……！』

由瑠はぎゅっと下唇を噛みしめると、こちらを見ないまま走り去っていった。

俺をぶった由瑠の手は震えていた。

怒鳴った由瑠の声は涙に濡れていた。

視界を雨に邪魔されながらも小さくなっていく由瑠の後ろ姿を見て、ようやく取り返しのつかないとんでもないことをしでかしたのだと悟った。

彼女なんていないくせに。好きなのは、ずっとお前だけなのに。

たったひとりの大切な存在を守るどころか、汚い欲のままに深く傷つけた。

この日以来、俺は由瑠には手を出さないと決めた。

――けれど運命は俺にもう一度チャンスをくれた。

ひとり暮らしをしていたアパートの隣室に、偶然由瑠が越してきたのだ。

こうして再び俺と由瑠の人生は交差した。

そして、由瑠の〝特別体質〟が発覚した。

〝フェロモンが暴発しないように〟という目的で、俺は再び由瑠に触《ふ》れるようになった。

女遊びが激しいという噂が流れているのも知ってるけど、実際は根も葉もない嘘だ。

由瑠のことしか見えてないし、他の女なんて眼中にもない。

けれど俺は由瑠に軽蔑されているし、由瑠には好きな相手がいる。

それに由瑠のことを身勝手に傷つけた俺に、あんな顔をさせた俺に、運命の番になる資格はないと――愛だの運命だのなんて信じていなかった俺が、いつの間にかそれに囚《とら》われるようになっていた。

だから、これ以上好きにならないよう、深く踏み込まないようにしていたのに。

それなのに、触れるたび、名前を呼ばれるたび、笑いかけられるたび、心の内側の一番柔い部分に触れられるようで。

それが怖かった。

なぁ、そんなに簡単に俺の心に触れてくれるな。

好きな奴がいるってわかってるのに、お前の全部がほしくなるんだよ。

＊

どのくらい眠っていたのだろう。

突然意識のチャンネルが合って目を開けると、白い天井が映り、続いてひょっこりと見慣れた顔が覗き込んできた。

「あ！　藍！　起きた、よかった……！」

「密……？」

「藍、体育の途中で倒れちゃったんだよ？　まじでオレ、驚いたんだから」

「悪い……」

言われて、靄《もや》のかかった記憶を思い出す。

バスケをしている途中で突然激しい頭痛と吐き気に襲われ、意識を失ったのだ。

肘をベッドについて上体を起こす。

ちらりと壁掛けの時計を確認すれば、今は五時間目の授業中。

体育の時間は四時間目だったから、一時間とちょっと、眠っていたことになる。

「付き添っててくれたのか」

「そりゃね。親友だから当然でしょ」

あっけらかんとした密に、思わず笑みがこぼれてしまう。

「そうか、ありがとな」

「まぁ、藍が眠り姫になっちゃったらどうしようかとは思ったけど」

「姫か、俺は」

「ふふ。それで？　どんな夢みてたの？」

「……由瑠の夢みてた」

「由瑠ちゃんの？」

……なあ、由瑠。俺はお前の夢を見てどうしようもなくお前が恋しくなるくらいには、惚れてるよ。

でも由瑠の想いは、違うところに向いている。

由瑠にとっての正解は、俺が隣にいることじゃない。

「わかってる。本当は手離さなきゃって」

神崎に「傷つけたら許さない」と忠告するより、「あいつを頼んだ」と託《たく》すのが正しかった。

そう頭ではわかっていても、心がついてこない。

俺は額に腕を乗せ、行き場のない感情を吐き出した。

「でもあいつ、本当にいい女なんだよな……」

手離したくない。

いつまでだって、俺の隣で、俺にだけ笑っていてほしい。

すると密が暗い影を表情に落とした。

そしてぽつりと、白い空間に声をこぼす。

「……本当は由瑠ちゃんもここに来てくれてたんだ」

「え、あいつが……？」

俺は、この体調不良が抗フェロモン剤の副作用のせいだと、薄々気づいていた。

もしかして、とつい追及するような眼差しで密を見つめると、密は顔を伏せた。

「……話したよ、勝手にごめん」

「なんで」

「どうしたらいいかわからなかった。藍にも由瑠ちゃんにも幸せになってほしいから……」

「密……」

いつもへらへらとした顔が、見たことがないほどの苦悩に歪んでいた。

唯一、俺が抗フェロモン剤を飲んでいたことを知っている密。

俺のためと由瑠のためと、その板挟みになって、多分すごく悩んだんだと思う。

そんな友人を責めることはできない。

すると密は、右手を差し出してきた。

「これ、由瑠ちゃんから藍に。渡してくれって頼まれたんだ」

その手に載るのは、白い鳥のキーホルダーだった。

それは、花火大会で由瑠が買っていた〝幸せを運ぶキーホルダー〟だった。

「これはオレの勘だけど、由瑠ちゃんはもう藍に会う気はないんだと思う……」

「は……？」

自分のことは置いておいて、俺に幸せになれって？

──なんだよ、それ。

藍くんと運命の番

ごくごくと、二杯目のお茶を飲み切ってしまった。緊張のせいでひどく喉が渇《かわ》く。

空っぽになったコップを、テーブルの上に置いた。

わたしはこれからのことで路頭に迷っていた。

今のアパートにいたら、わたしはまたフェロモンで彼を呼んでしまう。

そうしたら藍くんのことだから、わたしのことを見捨てることができずに、また助けてくれるだろう。

それに、近くにいたら、藍くんへの気持ちをきっと抑え込むことができない。

だからあのアパートを出ることにしたんだ。

けれど違う住まいを探そうにも、そんな大金はない。

散々悩んだ末の苦渋の決断……それは、おばさんの家を頼ること。

おばさんの家に迷惑をかけるわけにはいかないから、もっと強い薬を処方してもらうしかない。身体に悪いとか、そんなことはもう言ってられない。

そしてこれから、おじさんとおばさんに、卒業するまで住まわせてほしいと頼み込むのだ。

話がありますと昨夜電話をしたら、じゃあファミレスでとおばさんに言われた。

多分、わたしに家の敷居《しきい》をまたがせたくないんだろう。

こんな感じじゃ、交渉がすんなりいくとは思えない。

でも、わたしにはもう行き場がないんだ。

お母さんと住んでいたマンションの一室は、すでに解約してしまっている。

連絡先も知らないお母さんを頼ることはできない。

今はおじさんとおばさんをファミレスで待っているところだけど、時間を過ぎてもふたりは来ない。

テーブルの上のコップに手を伸ばし、空だったということを思いだす。そしてその手が震えていることにも。

その時だった。

「あら、もう来てたのね」

頭上から声が降ってきたかと思うと、おばさんとおじさんがそこに立っていた。

三十分も遅れてきたというのに、悪びれる素振りは一ミリもない。

わたしは慌てて立ち上がる。

「お久しぶりです……っ」

「なにかしら。わざわざ呼び出すなんて。私たちはあなたみたいに暇じゃないのよ？」

「ごめんなさい……」

小言を並べながら、おばさんとおじさんが向かいの席に座る。

膝の上に置いた拳が震える。

言わなきゃ……。怖気づいている場合じゃない……。

「あの、お願いがあって……」

「お願い？」

「図々しいお願いだとわかっています。ですが……高校を卒業するまで、わたしを置いてもらえないでしょうか……」

わたしはテーブルに額がつきそうなほど深く頭を下げ、震える声でそう告げた。

すると。

「なにを言い出すと思えば、この子ったら」

おばさんが吹き出して、おじさんと目くばせをし合う。

「家賃も生活費も、全部お支払いします。ただ、住む場所だけを貸してほしいんです……」

すると、おじさんが口を開いた。

「僕たちだってね、僕たちの生活があるんだよ。今年は息子の大学受験もある。そんな簡単に受け入れられるわけないだろう」

「はい……」

ああ、やっぱり。ここにも、どこにも、わたしを受け入れてくれる居場所はない。

きゅうっと肺が狭まっていく。酸素が見つからない。

「でもどうして急に？　あなた、お金を貯めてうちを出たのよね？」

おばさんの声に、心がびくっと震えたのがわかった。

言うか言わないか、一瞬躊躇った。けれど隠しごとはできなかった。

意を決して、声を絞り出す。

「それが……〝特別体質〟だってことがわかって……」

「はあ？」

案の定、降ってきたのは拒絶と侮蔑《ぶべつ》に染まった声だった。

「〝特別体質〟ですって？　やだ、うちの息子が誘惑なんてされたらたまったもんじゃないわ」

ぎゅうっと拳を握っているせいで、手のひらに爪が突き刺さる。

「親が親なら子も子ね。ふしだらな血が流れているのかしら」

耳を塞ぎたかった。

けれど無防備に受け止めてしまったせいで、心に深い傷がついた。

隣でおじさんも声を上げて嘲笑《ちょうしょう》している。

わたしだけならよかった。それなのに、お母さんのことまでそんな汚い言葉で侮辱されるなんて。

でも、無力なわたしにはなにも言い返せない。

この人たちは最後の頼みの綱《つな》なのだ。

反論すれば、さらに反感を買ってしまう。

……ああ、ここから消えてしまいたい。

『でもなにも後ろめたいことなんてないけどな。〝特別体質〟だけが、運命の番となにより強い絆を手に入れる特権を与えられるだろ。それってすごく幸せなことなんじゃねえの』

〝特別体質〟だってわかった時、藍くんはそう言ってくれた。

その時、わたしの心は救われたけど。

でもやっぱり、〝特別体質〟なんていいものじゃなかったよ、藍くん……。

じわりと込み上げてくる涙を、必死にこらえた時だった。

「――うるさいんだよ、おじさん、おばさん」

突然、飛んできた矢のように一筋の声が割って入ってきた。

え……？　まさか、なんで……？

震える瞳で振り返る。

そこに立っていたのは、やっぱり。

「藍、くん……」

信じられない。けれど見間違えるはずがない。

藍くんだった。

どうして藍くんが……？

藍くんはおばさんとおじさんを見据えたまま、こちらへ歩み寄ってくる。

一方、突然現れた藍くんに、おばさんとおじさんは不信感MAXで。

「だれだ、君は」

「この子の知り合い？　今、身内で大事な話をしているの。後にしてちょうだい」

すると藍くんは、それを鼻で笑い飛ばした。

「身内？　笑わせんな。いつあんたらがこの子のことをそんなふうに扱ったかよ」

「なっ……」

たじろぐふたりに、藍くんは強い眼差しで畳みかけた。

「この子はあんたらのものじゃない。俺のものだ」

どきんと心臓が揺れる。

藍くん……。だめだよ、そんなこと言われたら、また離れられなくなっちゃうよ……。

けれどおじさんは、自分の息子ほどの若い同性に言い負かされ、プライドを傷つけられたようだった。

腕を組んで、鼻を鳴らす。

「ふん、なにを偉そうに」

すると、藍くんの瞳に暗い光が灯ったのがわかった。

「だれがそんな口を利いていいと言った？」

冷たく言い放つと、なにかをテーブルに投げ捨てた。

それは名刺だった。

素人目にもわかる、金色のラインの入った高級紙の名刺だ。

「まさか知らないとは言わないだろうな」

横目で名刺をちらりと見たおじさん。

けれどその瞬間、一気にその顔が青ざめた。

そして信じられないというように、名刺をひったくるかのごとく手に取る。

「千茅、藍……。千茅ってまさか、君はあの千茅財閥《ざいばつ》の御曹司《おんぞうし》か……⁉」

「え⁉　千茅財閥って、あなたの会社の親会社じゃないの……！」

おじさんとおばさんの悲鳴にも似た声の中、わたしは呆然《ぼうぜん》と藍くんを見ていた。

え……？　藍くんが御曹司……？

「この子は今日から千茅家で預からせてもらう」

そう宣言すると、藍くんは冷え切った瞳のまま、ずいっとおじさんに顔を近づけた。

そして地を這うような声で囁く。

「わかったら、今後この子のことを傷つけるな。俺のものに勝手に触れたら、その瞬間俺が社会的に抹消《まっしょう》してやるよ」

「ひいっ。すいませんでした……っ！」

土下座をしそうな勢いでおじさんがテーブルに額をつく。

その隣で、焦ったようにおばさんも頭を下げる。

それをつまらなそうに一瞥《いちべつ》すると、藍くんはこちらを見た。

ようやく瞳が交わった。

藍くんの瞳に、温度のある光が戻る。そして。

「行くよ、由瑠」

まるで暗闇から救い出すように、彼の手がわたしの腕を掴んだ。

ファミレスを出て、わたしは藍くんに腕を引かれるまま、並木道を歩いていた。

ずんずん進んでいくその背中に、わたしはやっとのことで声をぶつける。

「藍くん……っ、どうしてあそこに……っ？」

すると、ようやく藍くんの足が止まった。

そしてこちらを振り返る。

「うちの奴らに調べさせた」

〝うちの奴ら〟というのは、きっと財閥の関係者のことを指しているんだろう。

さっきのやりとりが蘇《よみがえ》る。

わたしはおずおずと尋ねた。

「藍くんが御曹司って、本当なの……？」

「ああ。公《おおやけ》では伏せてるけどな」

「でも、じゃあなんであんなおんぼろアパートに……？」

「小さい頃から恵まれた環境にいたから、社会勉強ってやつだよ」

藍くんの答えに納得してしまう。

わたしは詳しくないけれど、おじさんとおばさんの反応から見るに、きっととても大きな財閥なのだと察する。

おじさんの勤めている会社も大企業だから、その親会社となると、あまりに規模が大きすぎて想像もできないけれど。

将来的に、藍くんは財閥のトップになるんだろう。

その前にいろいろなことを吸収しているところなんだ、きっと。

そうしたやりとりをしているうちに、ようやく強張《こわば》っていた心が解けていくのがわかった。

改めて、藍くんの瞳に向き合う。

「ありがとう、助けてくれて」

藍くんが助けてくれなかったら、わたしの心はぽっきり折れて、もう修復不可能だったかもしれない。

自己嫌悪で窒息するところだった。

頭上で木々がさやさやと揺れる。

生い茂《しげ》る葉の隙間から、眩しい光の筋が差し込む。

ああ、いつまでもその綺麗な瞳に映っていたくなっちゃうな。

……でも、もう決めたことだから。

さっきわたしを千茅家で預かると言ったのは、おじさんとおばさんから引き離すためだったってわかってる。

これ以上ここにいたら、離れがたくなっちゃう。

寂しさを振り切るように笑顔を作る。

「じゃあ、行くね」

そしてくるりと背を向け、歩き出そうとした時。

不意に伸びてきた手に、後ろから抱きしめられていた。

「……どこにも行くな」

絞り出すように掠れた声が、わたしの鼓膜を揺らした。

「ぁい、くん……」

藍くんに抱きすくめられ、わたしは目を見張る。

ぎゅうっと、まるで縋るように抱きしめてくる藍くん。

このまま藍くんの温度に溶けてしまいそうになって、でも必死の抵抗をする。

「でも、わたしがいたら藍くんに迷惑が……っ」

「――好きだ」

わたしの声を遮るように放たれた藍くんの声が、心を揺らした。

え……？　今、なんて……。

「俺の人生とか価値観とか丸ごとひっくり返すくらい、惚れさせられたんだよ、由瑠に。俺の中に入り込んできて、気づいたら手離せなくなってた。初めてほしいと思ったのがお前だった」

信じられなくて、わたしは目を見張ったまま身動きが取れない。

……ねえ、夢かな。

こんなにも身に余るような言葉ばかり藍くんがくれるなんて、こんなの――。

すると、藍くんはわたしを抱きしめる腕に力を込めた。

「わかってる、由瑠には好きな奴がいるって。それでもお前を奪うから。もう由瑠を手離したくない」

まっすぐにぶつかってくる藍くんの言葉に、心が震えているのがわかる。

けれど、わたしはふとあることに気づいた。

「好きな人って……？」

「一年前、俺に言ったろ。大切な人ができたって」

そう言われて、思い当たるのは、神崎くんと出会った日のことだ。

「それ、もしかして推しのこと……？」

「推し？」

藍くんの手が緩む。

わたしは振り返り、藍くんの瞳をまっすぐに見上げた。

鼓動が早鐘を打つ。

なぜかじんと目の奥が熱くなる。

ちゃんと向き合わなきゃ。

藍くんが打ち明けてくれたのだから、わたしも――。

「神崎くんに抱いてるのは恋愛感情じゃない。初めて好きになったのは、藍くんだよ」

「え？」

ああ、あふれてしまう。涙と共に、こんなにも募った想いが。

「わたしも好きっ……。好きだよ、藍くん」

涙でぐちゃぐちゃになった声を張り上げた、その時――ざああっと頭上で木々が揺れる音がした。

はっとした時には、わたしは藍くんの腕の中にいて。

「なぁ、それ本気で言ってる……?」

震えた声が、鼓膜を揺らす。

いつだって自信に満ちた声が、こんなにも頼りなげに揺れるのを、わたしは初めて聞いた。

涙が込み上げてきて言葉にならないわたしは、藍くんの腕の中で何度もこくこくと頷く。

すると、ぎゅうっとまるで壊れ物を壊したがっているかのような荒い力で抱きすくめられる。

「もう我慢なんてできないから」

アパートに着き、藍くんの部屋に入ると、わたしたちはなだれ込むようにベッドへ。

ふかふかのベッドの上に押し倒され、藍くんを見上げる。

わたしを跨《また》ぐようにベッドに膝をついた藍くん。

「悪いけど手加減できない。大切にしたいと思ってるけど、今はめちゃくちゃにしたい」

そう言う瞳には危険な光が灯っている。

触れられていないのに、今から触れられる——その予感だけで身体が熱を帯び始める。

藍くんの手で敏感に作り変えられてしまった身体は、自分の熱でやけどしそうだ。

顎を持ち上げられたかと思うと、下から掬い上げるようにキスをされる。

久々の溺れるような甘い感覚に、わたしはついていくだけでやっと。

体温と吐息が溶け合っていく。

藍くんとひとつになっていく。

どうして藍くんとのキスはこんなに気持ちいいんだろう。

もう二度と、この熱に触れられることはないと思っていた。

そう思うと、どきどきと、きゅーっと切ない気持ちと、嬉しい気持ちで、胸がいっぱいになる。

本格的に発情が起こって、頭がぼんやりしてきた。

甘い刺激に流されそうになって、わたしは思わず「待って」と藍くんの腕を掴んでいた。

「なに？」

藍くんが、どこか切羽詰まったような熱っぽい表情でわたしを見下ろしてくる。

こんなに余裕のない藍くんの表情は初めて見た。

藍くんの瞳に貫かれていると、緊張が込み上げてくる。

けれどわたしの思いは、ひとつだった。

藍くんの熱が引いた唇で、自分の思いを大切に紡ぐ。

「藍くん。……わたしと、番になってほしい」

どれだけ重大なことを口にしているか、理解しているつもりだった。

番になるっていうことは、一生一緒にいる契約を結ぶこと。

簡単な思い付きで切り出したわけじゃない。

藍くんの瞳に刹那の動揺が走り、けれどそれを切なくやるせない色が覆う。

「それは俺の身体のため？」

番になる契約を交わした〝特別体質〟は、それ以降発情しなくなる。

つまりわたしと藍くんが番になれば、わたしは発情しなくなり、藍くんはもう抗フェロモン剤を飲まなくて済む。

藍くんは、わたしが藍くんの身体のために、自分の将来を犠牲にすると思ったのだろう。

──けどね、それは違うよ。

その思いがちゃんと伝わるように、藍くんの瞳を見上げる。

さっきまでの緊張はどこかに消えていた。

「それもあるけど、どんなものより固い繋がりで結ばれたいの」

藍くんはさっき、どこにも行くなと言ってくれたけど、わたしも藍くんにどこにも行ってほしくない。

もう藍くんを手離したくない。ずっとずっと、一緒にいたい。

藍くんを幸せにするのは、どんな女の子よりわたしがいい。

そこまで言ってふと、藍くんが黙り込んでいることに気づく。

こんなことを突然言い出して、やっぱり迷惑だったかな……。

番になるっていうことは、もちろん藍くんの気持ちが大事なわけで。

そういえば忘れていたけど藍くんは大財閥の御曹司。

わたしみたいなドがつくような庶民となんか、番になるはずもない。

「ご、ごめん、ずうずうしいこと言っ――」

慌てて謝ろうとした時。

その先を遮るように、藍くんがわたしの頬に手を添えた。

「ばか。俺だって一生もんの恋してんだよ、お前に」

こんなに大切そうに触れられたのは初めて。

藍くんの声が、鼓膜から身体中に響き渡っていく。

「ぁ、いくん……」

「噛ませて、俺に」

そう言って藍くんは恭《うやうや》しくわたしの手首をとると、その内側にキスを落とした。

そして。

「言っとくけどプロポーズだから、これ」

熱っぽくも直向きな眼差しで、そう告げた。

「え……」

「俺の全部やるから、由瑠を俺にちょうだい」

藍くんがくれた言葉が自分の心に溶けた瞬間、唐突に涙腺《るいせん》が音もなく決壊した。

「ふ……ぅう……」

ぽろぽろと熱い涙がこぼれていく。

もうどうしようもないほど好きだ。この人のことが。

「あげる。全部全部、余すことなく貴方にあげる」

泣きじゃくりながらも、こぼれる涙を何度も拭い、涙の狭間で答えれば。

「……んっ」

甘いキスがわたしの唇を塞いだ。

深く触れ合い、そうして名残惜しそうに唇が離れる。

「じゃあ、噛むぞ」

「うん」

上体を起こしたわたしは、藍くんに背を向け、髪を片側に寄せてうなじを露わにする。

藍くんはわたしの首筋にそっとキスをすると、そっと、けれど深くたしかに歯をたてた。

「んっ……」

甘い痺れが身体中を駆け抜けていく。

そしてそれと同時に、身体中を支配していた発情が治まっていくのがわかる。

ああ、これでわたし、藍くんと番になれたんだ……。

——〝特別体質〟であることをうらんだ。

一生幸せになんかなれないと思ってた。

でもこうして藍くんと番になれて、今世界で一番幸せだ……。

「藍くん……」

涙の溜《た》まった瞳で振り返れば。

「由瑠、大好きだよ」

あまりに綺麗に微笑む藍くんがそこにいた。

わたしを見つめる瞳には、優しさと、熱と、それから見間違いでなければ愛おしさが滲んでいて。

ああ、藍くんがわたしだけを見つめてくれている。藍くんの綺麗な瞳をわたしがひとりじめしている。

そう思うと、無性に胸の奥が熱くなって。

「わたしも。世界で一番大好き」

抱えきれないくらい大きくなった思いの丈をぶつければ、藍くんがこつんとおでこにおでこを重ねてきた。

お互いの熱が交じり合っていく。

鼻先が触れそうな距離で微笑み合い、それからどちらからともなく唇と唇を重ね合った。

藍くんがわたしにくれたのは、優しく、とろけるように甘く、愛されているのだと実感せずにはいられないキスだった。

甘さを増した藍くん

窓から差し込む陽《ひ》の光が、わたしのまぶたを刺激する。

ぱちんと目が覚め、不意に頭の中でよみがえるのは昨日の記憶。

「きゃー……っ」

布団の上でごろごろと転がりはしゃいでしまう。

何気なかったはずの朝が、今日からは藍くんの彼女であり番になった朝なんだ。

昨夜寝る前、もし全部夢だったらどうしようと、少しだけ寝るのが怖かったけど、やっぱり夢ではなかったのだと実感する。

今朝、藍くんはクラスで話し合いがあるらしく、先に家を出てしまった。

けれどひとりで通学路を歩いていたって、わたしはずっと浮き足立っていて、行き交うサラリーマンや学生、ＯＬの人たちみんなにおはようございますと言ってまわりたいくらいに幸せだった。

　高校に着くなり、瑛麻ちゃんにも報告をした。

「ええ！　ゆるるんと藍先輩が⁉」

「じ、実はね、そうなの……」

　机でファッション雑誌を読んでいた瑛麻ちゃんは、わたしの報告を聞くなり飛び上がった。

　藍くんと付き合いだしたことに加え、わたしはこれまで秘密にしていた〝特別体質〟のことと、藍くんと番になったことも伝えた。

「ごめんね、〝特別体質〟のこと、今まで黙ってて……」

　こんな大切な親友に隠しごとをしていたことが、改めて心苦しく感じられて。

　けれどそんなわたしを、瑛麻ちゃんは思い切りぎゅーっと抱きしめ、よしよしと頭を撫でてくれた。

「いいんだよ、いいんだよ！　それよりゆるるんが運命の番に出会えたことが嬉しいようううう」

「ありがとう、瑛麻ちゃん」

わたしを包み込んでくれる優しい温もりに、思わずじんわりしてしまう。

するとレイ麻ちゃんがにやにやと得意げな顔を作る。

「まぁ、でも、私は藍先輩の気持ちに気づいてたけどね～」

「え？」

「だって藍先輩、だだもれだったもん。女の子にはモテモテだけどさ、ゆるるんを見つめる瞳だけはすっごく優しくって。ああ、ゆるるんは愛されてるんだなぁって、すぐにわかったよ」

瑛麻ちゃんの口から聞かされた思いがけない言葉に、耳までかぁぁっと熱くなる。

「ほ、ほんと……？」

すると瑛麻ちゃんがわたしの耳元に口を寄せてきた。

そしてこしょこしょと、まわりに聞こえないボリュームで囁いてくる。

「……っていうか、藍先輩ってキス、うまいの？」

「へっ⁉」

突然投下されたキスという過激な発言に、わたしは教室であることも忘れて、変な声をあげてしまう。

「だって、あんなイケメンがどんなキスするのか気になるじゃん～」

目をきらきらさせて、瑛麻ちゃんってば好奇心が旺盛《おうせい》すぎるよ……！

恋バナになると、瑛麻ちゃんは度々暴走モードのスイッチがオンになる。

「どうなの～？」

つんつんとわき腹をつついてくる瑛麻ちゃん。

うまいもなにも、比較対象がないからわからない。

だってわたしのファーストキスの相手は藍くんだし、後にも先にも藍くんとしかキスしてない。

でもキスされるたび、とろとろにさせられちゃうし……。

「よくわからないけど、うまい……と思う」

真っ赤になりながらごにょごにょと答えれば、「きゃー!!」と瑛麻ちゃんが嬉しそうにはしゃぐ。

それから授業が始めるチャイムが鳴るまで、瑛麻ちゃんの質問攻撃はやむことがなかった。

＊

「は〜、疲れた〜」

二時間目は体育だった。

体育着から着替え、教室に戻る廊下を歩きながら瑛麻ちゃんが伸びをする。

「つかれたねぇ……」

わたしも瑛麻ちゃんの隣でがっくりうなだれる。

なんてったって体育は一番苦手な教科。

運動おんちなわたしは、今日も踏んだり蹴ったりだった。

「ゆるるん、ドリブルしてたバスケットボールに顔面打ちつけてたもんね」

「う、うん……」

自分でドリブルしてたボールに顔面をぶつけるという、先生もびっくりのとろさを披露《ひろう》し、クラス中に笑われてしまった。

恥ずかしすぎて穴があったら今すぐ入りたいくらい。

うう、まだ鼻の先がひりひり痛むよ……。

そうして痛めた鼻をさすっていると。

突然、きゃー！っと背後で黄色い悲鳴があがった。

何事だ？と振り返ると、藍くんが廊下の向こうから歩いてくるところで。

まわりにいた女の子たちの目が、みんなハートになっている。

まるで芸能人に遭遇《そうぐう》したみたいな反応だ。

というか、二年生の教室しかない二階に、三年生の藍くんがなんで？

「ひょえ〜。ゆるるんの彼氏、今日もすっごい人気じゃない」

「う、うん……」

あんなにかっこよくてモテモテな人がわたしの番の相手であり彼氏なんて、やっぱり信じられないな……。

わたしなんて、とろくてドジで、バスケットボールを顔にぶつけているようなだめだめな彼女なのに。

「っていうか、あれ？　藍先輩、こっちに向かってきてない？」

「え？」

あれ、本当だ。瑛麻ちゃんの言うとおり、藍くんがこっちに向かって歩いてきてる気が……。

「ねぇ、やばい！　藍先輩が来る！」

「え⁉　まさか私に⁉」

まわりの女子たちがざわつく中、ずんずんこちらに向かって歩いてきた藍くんは、わたしの手を掴んできた。

「藍くんっ？」

「こいつのこと、借りてくわ」

藍くんは瑛麻ちゃんに一言そう告げると。

「ど、どうぞ！」

瑛麻ちゃんの返事を聞き終えないうちに、わたしの腕を引いて歩き出した。

そうして藍くんが足を止めたのは、二階の端っこにある空き教室。

腕を引かれたまま室内に連れ込まれる。

「ど、どうしたの、藍くん」

「なんか急激に由瑠に触れたくなって」

顔をあげれば、藍くんが綺麗に微笑んでいて。

ああ、藍くんの顔を見たら体育での失態なんて一瞬でどうでもよくなっちゃうんだから、わたしは呆れるほどに単純だ。

「わたしも……会いたかったよ」

恥ずかしさを覚えながらも本音を口にすれば、藍くんがそこにあった机に腰を下ろす。

そしてわたしに向かって、手を広げた。

「おいで、由瑠」

おいでと言ってわたしを呼び寄せる藍くんの声は、いつも以上に甘く、それに抗う術《すべ》はないんだ。

名前を呼ばれ、さらに呼び寄せてくれるというダブルパンチに、ときめきを禁じ得ない。

「えっと……失礼、します」

「真面目か」

ふはっと空気を震わせて藍くんが笑う。

おずおずと彼へ歩み寄ったわたしは、不意に腕を掴まれ、なぜか藍くんの腿の間に座らされた。

「こ、これは……？」

後ろから抱きすくめられ、すぐ背後にいる藍くんに躊躇いながら聞くと。

「可愛すぎて保護。的な？」

うう、そんなの！　かっこよすぎて、わたしが藍くんのこと保護したいくらいなのに……！

でもやっぱり藍くんの匂いに包まれていると、幸せに満ち足りた気持ちになる。

「わたし、藍くんの腕の中が一番大好きだなぁ……」

藍くんの温もりの中、そんな本音が自然にぽろりとこぼれると。

「……天然大魔神め」

藍くんがわたしの肩に口元を埋め、文句を言うようにぼそっとつぶやいた。

こんなふうにくっついていられることが、今でも信じられない。

藍くんの大きな手のひらに自分の手のひらを重ねれば、藍くんが長い指を絡めてくれる。

そうやって絡めた手の熱を感じていると、じんわり浸るように藍くんが耳元で囁く。

「本当に俺の番なんだな」

「そうだよ」

「やばい。なんかにやけるわ。俺の女だっていいふらしたくなる」

すぐそこで藍くんが笑った気配。

後ろから抱きしめられているせいで、その笑顔を見逃してしまったのが惜しい。

くしゃっと目をなくし、一気にあどけなくなるその笑顔がたまらなく好きなのに。

「……藍くん」

「ん？」

「藍くんの顔が……見たい、です」

顔が真っ赤であることを自覚しながら、なけなしの勇気を振り絞れば。

「……由瑠が悪いんだからな」

低く掠れた声が聞こえたと思った直後、体の向きを変えさせられ、性急なキスが降ってきた。

いつもよりも深く、そして求められるようなキス。

「……ん、」

唇を甘く食《は》まれ、つい鼻にかかった吐息が漏れてしまう。

キスをしている時、藍くんはわたしの耳や頬を触れてくれる。

その手つきが優しくて、触れ合う場所は熱を持つ。

身も心もすべてが藍くんで埋め尽くされていくのがわかる。

彼がくれる甘いキスに酔いしれていると不意に、こちらへ向かって歩いてくる足音と話し声を耳が拾う。

「……ん……っ」

まずい。鍵を閉めてないから、入ってきたら見られちゃう……っ。

「あ、ぃ、……う……」

こちらに向かってくる気配を知らせるように、キスの狭間に藍くんの名前を呼ぼうとする。

けれど、とろけるような深い口づけがやむことはなくて。

やがてこちらへ向かってくると思った足音が、非常階段手前の教室の中に消えていくと、ようやく唇がそっと離れた。

そしてわたしの両頬に手をあてがって、むっとしたように文句を言ってくる。

「キスしてる間、他のこと考えてたろ」

「だ、だって、見られちゃうかと思って……」

「むしろ見せつけてやろうかと思ったけど」

「なっ……」

やっぱりわたしは藍くんに乱されてばかり。

ぷしゅーっとのぼせて、わたしはぱたん、と藍くんの胸元に向かって頬から倒れこんだ。

「由瑠？」

藍くんの胸を借りながら呼吸を整えていると、頭がまだぽーっとしているからか勝手に口が動く。

「藍くんのキス……今日、甘い……」

すると藍くんが自分の唇を親指の腹で拭いながら、思い出したようにつぶやく。

「ああ、友達からもらったハッカあめ舐めてた」

「ハッカあめ？」

「これなら食べられるんだよな。由瑠も食べたい？」

「へ……」

くいと顎を持ち上げられたかと思うと、わたしの視界いっぱいに怖くなるほど整った藍くんの顔が映り、唇が重ねられた。

そして舌が侵入してくる。

コロン、と口内にあめ玉が転がり込む音がした。

ごくっと自分の喉が鳴る。

あめ玉を飲み込まずに済んだのは幸いだった。

口いっぱいに、半分溶けたハッカあめの甘さと、スースーする清涼感が広がっていく。

藍くんが綺麗に口角をあげ、色気に満ちた笑みを浮かべる。

「甘い？」

「こんなの甘すぎるよ……」

口移しのあめだと思うと、より甘い。

それはもう胸やけしてしまうくらい。

口に手を当て、わたしはもう白旗だ。

と、その時。そんな空気を遮るように、もうすぐ休み時間が終わることを知らせるチャイムが鳴った。

予鈴をこんなにも恨めしく感じたのは初めて。

本当はもっともっと藍くんと一緒にいたいけれど、藍くんを授業に遅れさせるわけにはいかない。

「もうそろそろ行かなきゃだね」

名残惜しくも教室を出ようとした時。

不意に後ろから手首を掴まれ、そしてぐいっと強い力で引き寄せられた。

気づけば、すっぽりと後ろから抱きしめられていて。

「へ……」

「……まだ」

状況を掴みきれず瞬きを繰り返していると、頭上からぼそっと声が落ちてきた。

「え？」

「もう少しだけ。お前不足になりそうだから」

ねだるような、いつもよりあどけなさを感じるその声音に、どくんと重い音を立てて心臓がなり、それから急速に鼓動が乱れ始める。

今にも心臓が壊れてしまいそう。

藍くんがわたしの耳元でぼそっとささやく。

「……今すぐ抱きたい」

「だっ……？」

「けど我慢する」

ドキドキが止まらなくて、幸せの連続に窒息しそうになる。

「帰ったら、俺の部屋来い。続きするからな」

「う、ん……」

まるでずっと我慢していたたがが外れたかのように、藍くんは甘さを容赦してくれない。

彼氏になった藍くん、心臓に悪すぎるよ……。

怒涛《どとう》とも言える幸せの過剰摂取で倒れそう。

お付き合い初日からこんな状態で、わたしの心臓はいったいもつのかな……。

＊

学校から帰り、わたしは藍くんの部屋の前に立っていた。
帰りはばらばらだったけど、藍くんはもう帰っているはずだ。
『帰ったら、続きするからな』
今日の休み時間、藍くんにささやかれた言葉が耳の奥でよみがえる。
続きって……なにするんだろう……。
キスだけでもうわたしはいっぱいいっぱいだというのに。
緊張をしながらもふーっと深呼吸をひとつしたわたしは、ノックをしてドアを開けた。
「お待た」
「遅い」
いきなりぴしゃりと声が飛んできて、わたしの声が遮られた。
目の前には、腕を組み不機嫌そうにわたしを待つ藍くんの姿が。
チアリーディングの部活に向かう瑛麻ちゃんをお見送りしてから来たため、少し遅くなってしまったんだ。

「ご、ごめん」

慌てて頭を下げたその時。ふわりと甘い香りに包み込まれていた。

「由瑠不足で死にそうだった」

まるで脱力するような声が鼓膜を揺らし、わたしは強く抱きすくめられたまま目をぱちくりと瞬かせた。

「藍、くん……？」

「今日の昼休み告られたんだろ」

「えっ、なんでそれを？」

「相手、同じクラスの奴だし」

藍くんの指摘どおり、今日の昼休みわたしは三年生の先輩に渡り廊下に呼び出され、告白を受けたのだ。

爽やかを具現化したようなその先輩に、『好きな人がいるのは知ってるけど一目惚れしたから』と交際を申し込まれた。

本当はこの後、藍くんにお話しようと思っていたのだけれど、まさか藍くんが知っていたとは思わなかった。

「あっ、でももちろん、丁重にお断りしたよ……？」

すると、藍くんが怒ったような顔でわたしの頬をつまんだ。

「由瑠は無防備すぎ」

「ふぇっ、ふほうひ……？」

「そう。無防備」

無防備ってどういうことだ……？

ちんぷんかんぷんで頭の上にはてなマークを飛ばしていると、藍くんがため息をつき、わたしを抱きしめてきた。

「気が気じゃねぇな、まじで」

ぎゅううっ……としがみつくように抱きしめてくる腕と、まるで愛しいものに触れるように頭の後ろを撫でてくれるその優しい手つきに、藍くんの愛を感じずにはいられない。

もしかしてこれって……。

「藍くん、やきもち妬《や》いてる……？」

するとわたしの肩に顔を埋めたまま藍くんが口を開いた。

「死ぬほどしてる。身体中に俺の印つけて他の男を近づけたくない」

そして、顔を上げた藍くんがわたしの瞳を見つめてきて、視線が絡んだ。

「俺のことだけ見とけ」

「藍くん……」

ちょっと怒っているような藍くんに、きゅーっと心臓が締めつけられて。

でもやっぱり、心を射抜かれるほどかっこよくて。

「俺以外の男の前で笑わないで。死ぬほど可愛いから」

「……うん」

わたしはもう藍くんのことしか見えてないのに。

大好きだなあと思う。まるで初めて得た感情のように、何度だって新鮮な温もりで。

愛おしいという気持ちが、まあるいパンケーキのように膨らんでいく。

いつもは大人で手の届かない藍くんが、なんだか可愛くてたまらなくて。

きゅーんっと愛おしさが募り、わたしは手を伸ばすと。

「よしよし……？」

おずおずと藍くんの柔らかい髪を撫でる。

するとと藍くんが深いため息を吐きだした。

「あー、ずるすぎだろ、由瑠ちゃん」

直後、身体が床からふわりと浮き上がったかと思うと、わたしの身体は抱きあげられていた。

「わ……っ」

軽々とお姫様だっこをし、藍くんはベッドの上にわたしをおろした。

ボスンと藍くんのベッドに身体が沈む。

ぎゅうっと温もりを身体いっぱいに感じるように彼の腕に包まれたあと、ゆっくり身体が離れ、こちらを見下ろす藍くんと至近距離で視線が絡み合う。

——キスの合図だ。

あっと思った時にはもう唇を奪われ、わたしはキスの波に溺れていく。

「口、開けて」

「ん……ぁ」

唇をむりやりこじ開けられたかと思うと、生温かい熱とともに抗えないほどの快感の波にさらわれた。

入り込んできた熱にかき乱され、目の前がちかちかする。

ぞくぞくっと背筋を走り抜ける甘い疼き。

「……ぁ、んぅ……」

息の仕方がわからなくて、頭に酸素がまわらず、ぼーっとしてくる。

藍くんについていくのでいっぱいいっぱい。

自分が自分じゃなくなっていくようで。

どんどん理性が崩れていく。

ベッドで藍くんの香りに包まれ、大人なキスをされて、もう藍くんのことしか考えられない。

爪先まで溶けてしまいそう。

「ちゃんと鼻で息して、由瑠」

キスの狭間に藍くんが唇を動かし、わたしは言われるがまま本能的に鼻で息をする。

するとキスをしながら器用にスカートを少しだけめくりあげて、太もものあたりに藍くんの手が触れた。

「ふあ、ん……」

与えられる刺激に反応し声をあげてしまったのを、藍くんは聞き逃してくれなかった。

唇の端をぺろっと赤い舌で舐め、艶っぽい表情で捕食者のように笑う。

「発情してないのに、こんなに俺のこと感じてんの？」

「やあ……、そん、なこと、言わないで……っ」

「俺のせい？」

わたしの髪を掬い、そこにキスをしながら妖艶に微笑む藍くん。

色気がだだもれで、視覚からの刺激にもくらくらしてしまう。

「由瑠の弱いところ当てようか」

耳元で囁かれ、びくっと身体と心臓が揺れる。

それは緊張からか、あるいはそれとも……。

藍くんが耳たぶを柔く噛んできた。

「……っ」

息が詰まりそうになる。

ふっと息を吹きかけたり、輪郭を舌でなぞられたり。

けれどその間にも、素肌を愛撫《あいぶ》する手つきは止まらない。

太ももの間に指が侵入してきた。

じっくり焦らしながら輪郭をなぞられる。

強引に攻めたり、焦らすように緩めたり。

わたしを嘲笑《あざわら》うかのような甘く意地悪な刺激で、翻弄《ほんろう》していく。

もどかしくてつらい、じれったい刺激に、わたしは唇を噛んで耐えることしかできなくて。

耳と脚の間、二か所を同時に攻め立てられ、爪先と藍くんのシャツを握る指先にぎゅうっと力がこもっていた。

「は、あ……」

「これ、好き?」

藍くんの囁きに、深いことなんてもうなにも考えられなくて、何度もこくこくと頷く。

「んっ、うん……」

「由瑠のせいで理性おかしくなりそう」

なんでか余裕のなさそうな藍くんの声が聞こえて、そんな藍くんの顔が見たかったのに。

——もう頭も心もキャパオーバーだったみたい。

そこでふっと目の前が暗くなって、意識を手放した。

恋人になった藍くんがこんなに甘いなんて、聞いてない。

藍くんの隣にいるということ

藍くんの番になって、もうすぐ一ヶ月。

幸せでいっぱいの毎日、なのだけれど。

ひとつだけ、自分の中でわだかまっていることがあった。

それは、藍くんがわたしに触れてくる時に意図的にセーブしているということ。

きっと……というか絶対に原因はわたしだ。

付き合って初日、藍くんに触れられている中でのぼせて気を失っちゃったせい。

あれから藍くんはキスしてくれることもあるけど、触れるだけ。スキンシップはめっきり減った。

むしろ、付き合う前の方が触れ合う時間が多かった。

きっと藍くんはわたしのことを気遣ってくれているんだと思う。

だって藍くんは『めちゃくちゃにしたいと思ってる』って言ったんだ。

……わたしは、藍くんにならなにをされてもいいと思ってるのに。

でもそれを正直に口にする勇気なんてわたしにはなくて。

「……というわけで、瑛麻ちゃん。どうしたらいいでしょう……」

わたしはこの状況を打破するため、恋愛の師匠である瑛麻ちゃんに教えを仰ぐことにした。

困った時には、瑛麻ちゃんに頼るのが一番だと知っている。

すると瑛麻ちゃんは顎に手を置き、「なるほど」と考え込んだあと、ぴこんと解決策を導き出す。

「この先に進むには、ゆるるんから誘惑するしかないね！」

「わたしが、誘惑……？」

ごくりと生唾をのみこむと、わたしの机に身を乗り出し、瑛麻ちゃんが詰め寄ってくる。

「大事なのはボディタッチだよ。そこに上目遣いを加えれば最強。藍先輩はきっとくらっとくるはず！」

ボディタッチと上目遣いか……。

瑛麻ちゃんの教えを、真剣な顔でメモ帳に書き記す。

「そして決め台詞《ぜりふ》！〝あなたに乱されたい〟！」

「あなたニみだされたイ……」

「これで男はイチコロよ！」

「はい、師匠……！」

びしっと敬礼を作り、わたしは頑張るぞと決意を固めたのだった。

＊

そうしてやってきた土曜日。

今日は藍くんと付き合って一ヶ月記念日だから、一緒にお泊まりをする約束をしていた。

三年生の藍くんは高校で模試があるらしく、夕方まで不在。

一方のわたしはというと、夕食の準備に勤《いそ》しんでいた。

料理はあんまり得意じゃないけれど、スマホでレシピを見ながら慎重に作業を進めていく。

今日は夏日になると、今朝の天気予報で言っていた。

そんな天気予報はまさに的中。開け放たれた窓から熱気のこもった風が入ってくる。

額に吹き出た汗を腕で拭きながら、ぐつぐつ音の立つ鍋をかきまわしていると、鍵の開く音に続いて、「ただいま」と藍くんの声が聞こえてきた。

ぱたぱたと藍くんの元に駆けていくと、藍くんが玄関でローファーを脱いでいるところだった。

「おかえり、藍くん……！　お腹空いた？」

藍くんの顔が見られた嬉しさから上擦ったトーンでそう聞けば、藍くんの肩と顔からふっと力が抜けるのが見えた。

「ああ、空いた」

「夕食、もう少しでできるからちょっと待っててね」

なんだか新婚みたい……とはしゃいでしまう気持ちを抑えながら、お腹を空かせた藍くんのためにも、早く夕食を食卓に並べなければと急いでキッチンへ戻る。

するとと緩慢《かんまん》とした足取りで藍くんがキッチンに入ってくる。

「うまそうな匂い」

わたしは藍くんの方を振り返り、お鍋をかきまぜていたおたまをちょっと持ち上げてみた。

「味見する？」

「ん」

藍くんの口元に、わたしはおたまに掬ったビーフシチューを向ける。

すると藍くんは上体を倒して、おたまを持つわたしの手に自分の手を重ねてビーフシチューを啜《すす》った。

伏せた視線が妙に扇情的《せんじょう》で、なんだか見てはいけないものを見ている気になっちゃう。

「……おいしい？」

静寂を破るのに、ほんの少し緊張した。

下心を悟られないようドキドキしながらそう聞けば、藍くんは「んまい」と言って赤い舌でぺろりと口の端をなぞる。

「よかった……！」

「こんなに暑いのにビーフシチューをわざわざ作ってくれたのか？」

「きっと模試で疲れてるんじゃないかなと思ったから、がつんと疲労回復できるようなメニューがいいなと思って」

額から流れた汗を拭きながら、「気合い入れたら作り過ぎちゃったけど」と笑っていると、不意に腰に手がまわり、後ろから藍くんに抱きしめられた。

肩に顔を埋めるような藍くんの仕草に、緊張とドキドキと、そして焦りが一気に押し寄せる。

「あ、藍くん……っ？　わたし、汗臭いよっ」

くさいだなんて思われたくなくてほんの少し体をよじらせてみるけれど、藍くんの腕の力はちっとも緩まない。

それどころか藍くんはわたしの耳元でふっと笑う。

「お前、ほんといい女だよな」

「え……っ」

どこまで動揺させたら気が済むんだろう。

高鳴りが収まらない鼓動を聞きながら、わたしは藍くんを心の中でそっと責めた。

それからふたりで夕食を食べ、わたしはお風呂に入ると、いよいよ瑛麻ちゃんの教えを遂行するべく今日のために準備した可愛いふりふりのパジャマを着た。

瑛麻ちゃんが放課後、一緒に行ったショッピングモールで選んでくれたのだけど、こんなふりふりのパジャマなんてわたしには可愛すぎて似合わない気がする。

それに太ももが露わになるショートパンツは、脚がスースーしてなんだか落ち着かない。

けれどそうも言っていられないんだ。

緊張しながら脱衣所を出て、リビングにいる藍くんの元に出る。

「おまたせ……っ」

だけどソファーでテレビを見ていた藍くんはというと。

ちらりとこちらを見て、「ん」と微笑むだけ。

あ、あれ……？　やっぱりわたしには全然似合ってないかな……。

しょぼんとしそうになるわたしに、藍くんがちょいちょいと手招きした。

「乾かしてやろうか、髪」

「え？　いいの？」

「ん。ドライヤー貸してみ」

「ありがとう……！」

可愛いパジャマに反応してもらえなかったのは残念だけど、髪を乾かしてもらえるなんて嬉しい誤算。

リビングで扇風機の風に当たりながら乾かそうと手に持っていたドライヤーをコンセントに差してから渡して、藍くんの隣に空いているスペースに座った。

するとドライヤーが温風を吐き出し、藍くんの長い指先が優しく繊細にわたしの髪を撫でていく。

自分の髪から、時折藍くんから香る柔らかい匂いと同じそれが漂っていることがくすぐったい。

ドライヤーを止めると、風で乱れた髪を藍くんが整えてくれた。

その手つきがすごく優しくて、そんな些細なことからも、恋人になったことを実感せずにはいられなくて。
やっぱりわたしはどうしようもなく藍くんのことが好きだ。
もっと藍くんに触れたいよ……。
こんなことばかり考えてしまうなんて、わたし、やっぱりおかしいのかもしれない。
自分が破廉恥《はれんち》になったみたいではしたないし、すごく恥ずかしい。
でもそれだけ藍くんのことが好きなの。
「じゃ、俺も風呂入ってくるわ。由瑠はそろそろ寝ろよ」
藍くんがテレビを消し、ソファーから立ち上がろうとする。
まずい……！　藍くんを引き留める理由がなくなってしまった。
こうなったら、ついに瑛麻ちゃん秘伝の〝あれ〟を発動しなければ。
藍くんの腕にしがみつき、上目遣いで見上げる。
ボディタッチと上目遣いのダブルパンチ。そして。
「藍くんに、み、ミダされたい……の」
必殺（？）の決め台詞。
すると藍くんが手を出してくる──かと思いきや、引き剥がされた。

そして呆れたような声が降ってくる。

「なんのドラマの影響だ？」

……あれ？　瑛麻ちゃん、必殺技が効かない……！

失敗した時の対処法なんて教えてもらっていないわたしは、あたふたしてしまう。

「変なドラマばっかり見てないで、早く寝ろ」

幼い子をあやすようにぽんと頭に手を置き、藍くんがリビングを出て行こうとする。わたしは思わず、その腕を掴んでいた。

「由瑠？」

「いかないで……」

それは心からこぼれた声だった。

「今すぐ、藍くんを抱きしめたい、です」

恥もなにもかもかなぐり捨てて本音をさらけ出せば、藍くんがこちらを振り返って笑んだ。

「ん、抱きしめて」

了承を得たわたしは藍くんの胸に飛び込み、そしてぎゅうっと力の限り抱きしめる。

わたしより頭ひとつ分大きい藍くんを抱きしめるには、腕に力を込めることしかできなくて。

とくんとくんと胸が高鳴るにつれて、想いが泉から湧き出るようにあふれて。

「藍くん……。我慢、しないで。藍くんの好きにして……」

本音がこぼれて、ほんの少しの静寂がわたしたちの間に降り立つ。

もしかして引かれちゃった……？

そんな不安が込み上げてきた直後、「……くらった」と声が降ってきて顔を上げると、顔を赤くした藍くんがそこにはいて。

「どこで覚えてきたの、そんな殺し文句」

「え？」

「無意識に堕としてくるのやめて」

……こんな藍くん、見たことない。

顔を赤くし、瞳に熱を帯びた藍くんに、胸の鼓動が荒くなる。

「そんなの……」と口ごもったわたしの身体は、気づけば宙にふわりと浮いていた。

そしてわたしを抱き上げた藍くんは、そのままくるりと身体を半回転。

ぼふんと背中に柔らかい感触が当たる。

あっという間に布団の上だ。

わたしに覆いかぶさった藍くんが、少し怒ったような瞳で見つめてくる。

「由瑠さん、あんた自分がどんだけ可愛いかわかってる？」

「へ……？」

藍くんの言う「可愛い」の破壊力はとてつもなくて、顔がぼんっと発火したように熱くなる。

だけど、そっくりそのままお返ししたい。

藍くん、貴方は自分がどれだけかっこいいかわかってる……？

わたしの心臓は、いつだってきゅんきゅんさせられっぱなしなんだよ。

「由瑠といると調子狂うことばっかだよ。押し倒してめちゃくちゃにしそうでこらえてた」

藍くんがそっと手の甲で頬を撫でてくる。

その仕草からは、愛おしさが感じられて。

「由瑠のことはちゃんと大切にしたいから。この前、のぼせたし」

「うぅ……、ごめん……」

やっぱりわたしのせいだったんだ。

嫌われたのかもってほんの少し……ううん、本当はとっても不安だったから、藍くんがわたしのことを気遣ってくれていたんだとわかって、安堵からか目の奥がじんと熱くなる。

だから胸の奥に潜んでいた本心も、するすると声になってこぼれてしまうんだ。

「でも触れたかったんだよ、ずっと。わたし欲張りだから、藍くんをもっと近くに感じたい……」

すると藍くんの瞳に光が灯った。

仄暗く、熱情を帯びた光が。

「そんな煽んな。なにされてもいいって言ってるようなもんだぞ。本気で襲うからな」

そう言ったかと思うと、逃げさせまいとするように両手を頭の上で拘束される。

そしてパジャマの開《ひら》けた胸元に藍くんが顔を伏せ、鎖骨から首筋にかけてキスの雨を降らす。

「んんっ……」

肌をなぞる藍くんの唇に、身体は敏感に反応してしまう。

開いた口から熱い息が漏れ、顎が上がる。

身動きを取ろうにも、藍くんは身体の拘束を緩めてくれない。

けれど藍くんの唇の熱を感じるたびに、唇がじんじんと疼く。

唇を……この前みたいにたっぷり愛してほしい……。

すると顔を上げた藍くんが、ネクタイを緩めながら不敵に微笑む。

「キスされたくてたまんないって顔、そそるな」

「や、ぁ……っ」

はしたない気持ちを読み取られてしまった。

しかも藍くんの前で、そんな恥ずかしい顔をしてるなんて……。

藍くんの視線から逃げるように顔を逸らす。

けれどそんな些細な抵抗は、顎を掴まれ、無効化する。

「だめ。由瑠の全部が見たい。全部見せて」

藍くんの前に、真っ赤な顔がさらされ、瞳にじわりと涙が滲む。

「……なっぁ、ぁうぅ……」

そんな囁きが聞こえたかと思うと、喰《く》らいつくような激しい口づけが、わたしの唇を奪った。

「……頭おかしくなりそう」

藍くんが口づけの角度を変えるたび、揺れた前髪がわたしの前髪に触れる。

頭の上で両手を拘束されているせいか、わたしの意識は否応なしに唇に集中しちゃう。

触れる唇からひとつになって、熱が溶け合っていく。

「……ふ、う……んっ」

恥ずかしいのに、自分のものとは思えないほど甘ったるい声が漏れてしまう。

頭も身体もおかしくなりそう。

「これ以上触れられたら、壊れちゃう……っ」

ぼーっと熱に浮かされた頭で、そんなことを無意識のうちに口走っていた。

すると藍くんはこつんと額を重ね、至近距離でわたしの瞳を捕らえた。

「壊れてよ。俺は由瑠を壊したい」

「……っ」

「抱きつぶしたくなるね、由瑠」

熱い吐息とともに、藍くんが色気に満ちた笑みを唇にのせる。

わたしを射抜く熱を帯びた瞳。

その熱い視線に絡めとられ、溺れそうになる。

再び深いキスがわたしの唇を塞ぐ。

強引で、けど愛されていることを実感せずにはいられなくて。

「……んぅ……」

ああ、こんなにもキスが気持ちいいなんて……。

わたしは腕を伸ばすと、引き寄せるように藍くんの首に腕を回していた。

「……っ」

一瞬藍くんが動揺したような間があったけれど、それに気づけるほどの余裕はなくて。

「藍くんなら……、いいよっ……」

気づけばわたしは藍くんにそう懇願していた。

すると藍くんは荒々しく前髪をかきあげ、ぶつけるように熱を吐き出した。

「……あー、もう無理。もっと俺の手で乱れてるとこ見せて」

藍くんも余裕がないんだ……。

そう実感すると、胸の奥のどこかが溶けたような感覚を覚えて。

降ってくるキスを受け止めながら、シーツの上で重ねられた手に指を絡める。

──触れ合う唇を通して、身も心も藍くんとひとつになれた気がした。


「ん……」

まぶたを刺激する陽の光に、わたしは朝の到来を知った。

重い目を開けば、藍くんに抱きしめられたままでいるということに気づく。

昨日の夜、わたしの部屋で一緒に眠ったのだ。

隣を見れば、すーすーと耳をそばだてないと聞こえないほどのボリュームで眠っている藍くんの寝顔がある。

こんな近くに、手を伸ばせば触れられる距離に、大好きな藍くんの寝顔があるなんて。

まぶたを閉じていると、長い睫毛がいっそう強調される。

綺麗だなぁとしみじみ思いながら寝顔を見つめていると、不意にぱちりと目が開いた。

「わっ……」

「おはよ」

藍くんがいたずらっぽい笑みを唇にのせて、わたしの目を覗き込んでくる。

「お、起きてたのっ……？」

「うん、まぁ。なににこにこしてたの」

「なんだかわたし、すっごく愛されてるなぁって……」

言いながら、頬が勝手に緩んでしまう。

すると「いまさらそれ言う？」と藍くんがくすりと笑って、わたしを抱きしめてきた。

笑い声が耳にかかってくすぐったい。

「そうだ、由瑠に渡したいものがあるんだ」

不意にそっと抱擁《ほうよう》を解き、藍くんがそんなことを言う。

「渡したいもの……？」

いつの間に持ってきたのか、枕元に小さな小包《こづつみ》があった。

それを手に取ると、藍くんが起き上がってわたしに差し出してくる。

「これ、受け取ってほしい」

「うん……？」

わたしはまだ状況が把握できないまま起き上がり、小包を受け取る。

藍くんが見守る中、小包を開いていくと、小さな箱が現れた。

それはドラマで見たことがある、高級そうな紺《こん》のベルベットの箱。

まさか――。

心臓が走り出す。

そしてパカッとその箱を開けると、そこにはきらきらと眩《まばゆ》い光を放ち輝く指輪が入っていた。

「え……」

「この前プロポーズだって言っただろ。俺はもうずっと、お前のことしか見えてない。その気持ちの証」

藍くんの優しい声が、わたしの心を満たす。

愛って、どこまで膨らんでいくんだろう。

気持ちに呼応するように、じんと目の奥が熱くなった。

「だれより大切で愛おしいよ、藍くん……っ」

涙をこらえながら震える声でそう伝えれば、藍くんはまっすぐにわたしを見つめながら、笑んだ形の綺麗な唇を動かして愛の言葉を紡いだ。

「愛してる」

そして、すいっと人差し指でわたしの顎を持ち上げたかと思うと、唇に柔らかな感触が押し当てられた。

――大好きな人、そして愛してる人。

わたしのはじめては全部、貴方にだけ。

Fin.♡

あとがき

みなさま初めまして、そしてこんにちは。春瀬恋と申します。

この度は、『冷血御曹司の偏愛が溢れて止まらない』をお手にとってくださり、本当にありがとうございます！


由瑠と藍の物語はいかがだったでしょうか。ラブに振り切って書く作品はとても久々だったので、楽しんでいただけるか非常にどきどきしております……！　少しでもきゅんとしていただけていたら幸いです。

今回は〝特別体質〟という設定にも挑戦してみました。理性と本能の間で揺れ動いたふたりの関係ですが、自分の身を犠牲にしながらも、由瑠を傷つけたくないという藍の献身的な愛が実ったのかなと感じています。

そして今回もカバーをとても可愛く仕上げていただきました。小森りんご先生、本当にありがとうございます。藍の色っぽいかっこよさ、そして由瑠の庇護欲を掻き立てられるような可愛さがたまりません……！　手の大きさの違いに悶えること間違いなしなので、ぜひ注目してみてください！

最後になりましたが、書籍化に伴い多くの方にご尽力いただきました。この作品に携わっていたすべての方に、心より感謝を申し上げます。本当にお世話になりました。

そして個人的なことになりますが、本作が個人名義での出版十作品目になりました。こうして出版という形が実ったのも、いつも応援してくださり、作品をお手に取ってくださる読者のみなさまのおかげです。本当にありがとうございます。すべての読者のみなさまの元に幸せが訪れますように。

二〇二四年七月二十五日　春瀬恋

春瀬恋（はるせ・れん）

関東在住のA型。映画鑑賞とカフェ巡りが趣味。愛猫にもふもふしている時間が一番の幸せ。別名義SELENとしても活動中。

小森りんご（こもり・りんご）

大阪在住の漫画家。電子コミック誌『noicomi』にて『クズなケモノは愛しすぎ』を連載（スターツ出版刊）。紙コミック単行本は5巻、電子コミック単行本は6巻まで好評発売中。

春瀬恋先生へのファンレター宛先

〒104-0031
東京都中央区京橋1-3-1　八重洲口大栄ビル7F
スターツ出版（株）　書籍編集部気付
春瀬恋先生

冷血御曹司の偏愛が溢れて止まらない

2024年7月25日　初版第1刷発行

著者　春瀬恋　
発行人　菊地修一
イラスト　小森りんご
デザイン　カバー　AFTERGLOW
　フォーマット　栗村佳苗（ナルティス）
DTP　久保田祐子
発行所　スターツ出版株式会社
〒104-0031
東京都中央区京橋1-3-1 八重洲口大栄ビル7F
TEL 03-6202-0386（出版マーケティンググループ）
TEL 050-5538-5679（書店様向けご注文専用ダイヤル）
https://starts-pub.jp/
印刷所　株式会社 光邦

ISBN 978-4-8137-1615-0 C0193

もっと、刺激的な恋を。

野いちご文庫人気の既刊！

『孤高の極上男子たちは彼女を甘く溺愛する』

高見未菜《たかみみな》・著

事故から助けてくれたことをきっかけに同級生の伽耶に片想い中の心寧。ある日、伽耶も属する学園の権力者集団“アメール”に突然同居を命じられる。渋々受け入れる心寧だけど、伽耶は心寧を四六時中離さない。しかも心寧は“アメール”のほかのふたりにも気に入られてしまって…!?

ISBN978-4-8137-1599-3　定価：693円（本体630円＋税10%）

『婚約破棄されたらクールな御曹司の予想外な溺愛がはじまりました』

朧月《おぼろづき》あき・著

高三の栞は、学校の恒例イベント直前に彼氏に浮気され、振られてしまう。どん底の栞を救ってくれたのは、ハイスペすぎるイケメン御曹司・青志。冷徹で孤高の存在と噂される青志は、彼女を陥れようとする元カレやその恋人を絶対的な力で排除していく。そんな彼に、栞は心を動かされて…。

ISBN978-4-8137-1598-6　定価：704円（本体640円＋税10%）

書店店頭にご希望の本がない場合は、書店にてご注文いただけます。

もっと、刺激的な恋を。

野いちご文庫人気の既刊！

『極悪非道な絶対君主の甘い溺愛に抗えない』

柊《しゅう》乃《の》なや・著

「運命の相手」を探すためにつくられた学園で、羽瑠は冷徹な御曹司・俐月と出会う。高性能なマッチングシステムでパートナーになったふたりは、同じ寮で暮らすことに。女子を寄せつけない俐月が自分を求めるのは本能のせいだと思っていたけれど、彼からの溺愛は加速していくばかりで…!?

ISBN978-4-8137-1586-3　定価：704円（本体640円＋税10%）

『高嶺の御曹司の溺愛が沼すぎる』

丸《まる》井《い》とまと・著

亜未が通う学校には超絶クールな御曹司・葉がいる。誰もが憧れる彼と恋愛で傷心中の自分は無縁のはず。でも葉に呼び出された亜未は、葉の秘密を守る恋人役に使命されて!?　利害が一致しただけのはずが、葉は亜未だけに甘く迫ってくる。「他の誰かに奪われたくない」極上の男の溺愛沼は超危険！

ISBN978-4-8137-1585-6　定価：671円（本体610円＋税10%）

『絶対強者の黒御曹司は危険な溺愛をやめられない』

高《たか》見《み》未《み》菜《な》・著

高校生の冬《と》亜《あ》は、不遇な環境を必死に生きていた。ある日、借金返済のため母親に闇商会へと売られてしまう。絶望の中、"良い商品になるよう仕込んでやる"と組織の幹部補佐・相楽《さがら》に引き取られた冬亜。「お前…本当に可愛いね」――冷徹だと思っていた彼に、なぜか甘く囁かれて…？

ISBN978-4-8137-1573-3　定価：693円（本体630円＋税10%）

『最強冷血の総長様は拾った彼女を溺愛しすぎる』

梶《かじ》ゆいな・著

両親を失い、生活のためにバイトに明け暮れる瑠佳は、最強の冷血総長・怜央から仕事の誘いを受ける。それは怜央の敵を引きつけるために、彼の恋人のふりをするというもので!?「条件は、俺にもっと甘えること」女子に無関心な怜央との関係は契約のはずが、彼は瑠佳にだけ極甘に迫ってきて…？

ISBN978-4-8137-1572-6　定価：715円（本体650円＋税10%）

書店店頭にご希望の本がない場合は、書店にてご注文いただけます